. . . y no se lo tragó la tierra

Tomás Rivera

PIÑATA BOOKS
HOUSTON, TEXAS
1996

Esta edición ha sido subvencionada por National Endowment for the Arts (a federal agency) y Andrew W. Mellon Foundation.

¡Piñata Books están llenos de sorpresas!

Piñata Books
An imprint of
Arte Público Press
University of Houston
452 Cullen Performance Hall
Houston, Texas 77204-2004

Diseño de la portada de Gladys Ramirez
Ilustración de la portada de Daniel Lechón

Rivera, Tomás, 1935–1984
—y no se lo tragó la tierra / Tomás Rivera.
p. cm.
ISBN: 978-1-55885-151-1 (pbk. : alk. paper)
I. Title.
PQ7079.2.R5Y2 1996
863—dc20 95-38284
CIP

∞ El papel utilizado en esta publicación cumple con los requisitos del American National Standard for Permanence of Paper for Printed Library Materials Z39.48-1984.

Impreso en los Estados Unidos de América
Septiembre 2011–Octubre 2011
Cushing-Malloy, Inc., Ann Arbor, MI
16 15 14 13 12 11 10 9 8 7

Contenido

...y no se lo tragó la tierra es hoy una película ganadora de premios internacionales, con actuación estelar de José Alcalá, Rose Portillo, Marco Rodríguez, Daniel Valdez y Lupe Ontiveros. Con guión y dirección de Severo Pérez, la película es producción de Paul Espinosa, KPBS-TV.

Se podrá alquilar la película de Kino International cuyo número telefónico es 212-629-6880. Para más información, llamar a Paul Espinosa, en el 619-594-5996, o Severo Pérez, PO Box 26407, Los Angeles, CA 90026.

. . . y no se lo tragó la tierra

El año perdido

Aquel año se le perdió. A veces trataba de recordar y ya para cuando creía que se estaba aclarando todo un poco se le perdían las palabras. Casi siempre empezaba con un sueño donde despertaba de pronto y luego se daba cuenta de que realmente estaba dormido. Luego ya no supo si lo que pensaba había pasado o no.

Siempre empezaba todo cuando oía que alguien le llamaba por su nombre pero cuando volteaba la cabeza a ver quién era el que le llamaba, daba una vuelta entera y así quedaba donde mismo. Por eso nunca podía acertar ni quién le llamaba ni por qué, y luego hasta se le olvidaba el nombre que le habían llamado. Pero sabía que él era a quien llamaban.

Una vez se detuvo antes de dar la vuelta entera y le entró miedo. Se dio cuenta de que él mismo se había llamado. Y así empezó el año perdido.

Trataba de acertar cuándo había empezado aquel tiempo que había llegado a llamar año. Se dio cuenta de que siempre pensaba que pensaba y de allí no podía salir. Luego se ponía a pensar en que nunca pensaba y era cuando se le volvía todo blanco y se quedaba dormido. Pero antes de dormirse veía y oía muchas cosas...

Lo que nunca supo su madre fue que todas las noches se tomaba el vaso de agua que ella les ponía a los espíritus debajo de la cama. Ella siempre creyó que eran éstos los que se tomaban el agua y así seguía haciendo su deber. Él le iba a decir una vez pero luego pensó que mejor lo haría cuando ya estuviera grande.

Los niños no se aguantaron

Se había venido el calor muy fuerte. Era raro porque apenas eran los primeros de abril y no se esperaba tanto hasta como los últimos del mes. Hacía tanto calor que no les daba abasto el viejo con el bote del agua. Venía solamente dos veces para el mediodía y a veces no se aguantaban. Por eso empezaron a ir a tomar agua a un tanque que estaba en la orilla de los surcos. El viejo lo tenía allí para las vacas y cuando los pescó tomando agua allí se enojó. No le caía muy bien que perdieran tanto tiempo yendo al agua porque no andaban por contrato, andaban por horas. Les dijo que si los pescaba allí otra vez los iba a desocupar del trabajo y no les iba a pagar. Los niñós fueron los que no se aguantaron.

—Tengo mucha sed, papá. ¿Ya mero viene el viejo?

—Yo creo que sí. ¿Ya no te aguantas?

—Pos, no sé. Ya siento muy reseca la garganta. ¿Usted cree que ya mero viene? ¿Voy al tanque?

—No, espérate un ratito más. Ya oíste lo que dijo.

—Ya sé, que nos desocupa si nos pesca allí, pero ya me anda.

—Ya, ya, trabájale. Ahorita viene.

—Ni modo. A ver si aguanto. ¿Por qué éste no nos deja traer agua? A nosotros allá en el norte...

—Porque es muy arrastrado.

—Pero los puede uno esconder debajo del asiento, ¿no? Allá en el norte siempre está mejor... ¿Y si hace uno como que va para fuera cerca del tanque?

Y así empezaron esa tarde. Todos hacían como que iban para fuera y se pasaban para la orilla del tanque. El viejo se había dado cuenta casi luego, luego. Pero no se descubrió. Quería pescar a un montón y así tendría que pagarles a menos y ya cuando hubieran hecho más trabajo. Notó que un niño iba a tomar agua cada rato y le entró el coraje. Pensó entonces en darle un buen susto y se arrastró por el suelo hasta que consiguió la carabina.

Lo que pensó hacer y lo que hizo fueron dos cosas. Le disparó un tiro para asustarlo; pero ya al apretar el gatillo vio al niño con el agujero en la cabeza. Ni saltó como los venados, sólo se quedó en el agua como un trapo sucio y el agua empezó a empaparse de sangre...

—Dicen que el viejo casi se volvió loco.

—¿Usted cree?

—Sí, ya perdió el rancho. Le entró muy duro a la bebida. Y luego cuando lo juzgaron y que salió libre dicen que se dejó caer de un árbol porque quería matarse.

—Pero no se mató, ¿verdad?

—Pos no.

—Ahí está.

—No crea compadre, a mí se me hace que sí se volvió loco. Usted lo ha visto como anda ahora. Parece limosnero.

—Sí, pero es que ya no tiene dinero.

—Pos sí.

Se había dormido luego, luego, y todos con mucho cuidado de no tener los brazos ni las piernas ni las manos cruzadas, la veían intensamente. Ya estaba el espíritu en su caja.

—A ver ¿en qué les puedo ayudar esta noche, hermanos?

—Pues, mire, no he tenido razón de m'ijo hace ya dos meses. Ayer me cayó una carta del gobierno que me manda decir que está perdido en acción. Yo quisiera saber si vive o no. Ya me estoy volviendo loca nomás a piense y piense en eso.

—No tenga cuidado, hermana. Julianito está bien. Está muy bien. Ya no se preocupe por él. Pronto lo tendrá en sus brazos. Ya va a regresar el mes que entra.

—Muchas gracias, muchas gracias.

Un rezo

Dios, Jesucristo, santo de mi corazón. Este es el tercer domingo que te vengo a suplicar, a rogar, a que me des razón de mi hijo. No he sabido de él. Protéjelo, Dios mío, que una bala no vaya a atravesarle el corazón como al de doña Virginia, que Dios lo tenga en paz. Cuídamelo, Jesucristo, sálvalo de las balas, compadécete de él que es muy bueno. Desde niño cuando lo dormía dándole de mamar era muy bueno, muy agradecido; nunca me mordía. Es muy inocente, protéjelo, él no quiere hacerle mal a nadie, es muy noble, es muy bueno, que no le traspase una bala el corazón.

Por favor, Virgen María, tú también cobíjalo. Cúbrele su cuerpo, tápale la cabeza, tápale los ojos a los comunistas y a los coreanos y a los chinos para que no lo vean, para que no lo maten. Todavía le guardo sus juguetes de cuando era niño, sus carritos, sus troquitas, hasta una güila que me encontré el otro día en el cuartito de la ropa. También las tarjetas y los fonis de ahora que ya ha aprendido a leer. Le tengo todo guardado para cuando regrese.

Protégelo, Jesucristo, que no me lo maten. Ya le tengo prometido a la Virgen de San Juan una visita y a la Virgen de Guadalupe también. Él también trae una medallita de la Virgen de San Juan del Valle y él también le prometió algo, quiere vivir. Cuídalo, tápale su corazón con tu mano para que no le entre ninguna bala. Es muy noble. Tenía mucho miedo ir, él me lo dijo. El día que se lo llevaron, al despedirse me abrazó y lloró un rato. Yo sentía su corazón palpitar y me acordaba de cuando era niño y le daba de mamar y de cómo me daba gusto a mí y a él.

Cuídamelo, por favor, te lo ruego. Te prometo mi vida por su vida. Tráemelo bueno y sano de Corea. Tápale el corazón con tus manos. Jesucristo, Dios santo, Virgen de Guadalupe, regrésenme su vida, regrésenme su corazón. ¿Por qué se lo han llevado? Él no ha hecho nada. Él no sabe nada. Es muy humilde. No quiere quitarle la vida a nadie. Regrésenmelo vivo que no lo quiero muerto.

Aquí está mi corazón por el de él. Aquí lo tienen. Aquí está en mi pecho, palpitante, arránquenmelo si quieren sangre, pero arránquenmelo a mí. Se lo doy por el de mi hijo. Aquí está. ¡Aquí está mi corazón... Mi corazón tiene su misma sangre...!

Regrésenmelo vivo y les doy mi corazón.

—Comadre, ¿ustedes piensan ir para Iuta?

—No, compadre, si viera que no le tenemos confianza a ese viejo que anda contratando gente para... ¿cómo dice?

—Iuta. ¿Por qué, comadre?

—Porque se nos hace que no hay ese estado. A ver, ¿cuándo ha oído decir de ese lugar?

—Es que hay muchos estados. Y ésta es la primera vez que contratan para ese rumbo.

—Pos sí, pero, a ver, ¿dónde queda?

—Pos, nosotros nunca hemos ido pero dicen que queda cerca de Japón.

> pues la enfermera trajo un frasco como de vaselina que olía a puro matagusano, ¿todavía huelo así?, y me untó toda la cabeza. Me daba comezón. Luego con un lápiz me estuvo partiendo el pelo. Al rato me dejaron ir pero me dio mucha vergüenza porque me tuve que quitar los pantalones y hasta los calzoncillos enfrente de le enfermera.

Pero, ahora, ¿qué les digo? ¿Que me echaron fuera de la escuela? Pero, si no fue toda la culpa mía. Aquel gringo me cayó mal desde luego, luego. Ese no se reía de mí. Nomás se me quedaba viendo y cuando me pusieron en una esquina aparte de los demás cada rato volteaba la cara y me veía, luego me hacía una seña con el dedo. Me dio coraje pero más vergüenza porque estaba aparte y así me podían ver mejor todos. Luego cuando me tocó leer, no pude. Me oía a mí mismo. Y oía que no salían las palabras... Este camposanto ni asusta. Es lo que me gusta más de la ida y venida de la escuela. ¡Lo verde que está! y bien parejito todo. Puros caminos pavimentados. Hasta parece donde juegan al golf. Ahora no voy a tener tiempo de correr por las lomas y resbalarme echando maromas hacia abajo. Ni de acostarme en el zacate y tratar de oír todas las cosas que pueda. La vez pasada conté hasta veinte y seis... Si me apuro a lo mejor me puedo ir con doña

Cuquita al dompe. Sale como a estas horas, ya cuando no está muy caliente el sol.

> —Cuidado, muchachos. Nomás tengan cuidado y no vayan a pisar donde hay lumbre por debajo. Donde vean que sale humito es que hay brasas por debajo. Yo sé por qué les digo, yo me di una buena quemada y todavía tengo la cicatriz... Miren, cada quien coja un palo largo y nomás revolteen la basura con ganas. Si viene el dompero a ver qué andamos haciendo, díganle que vinimos a tirar algo. Es buena gente, pero le gusta quedarse con unos libritos de mañas que a veces tira la gente...cuidado con el tren al pasar ese puente. Allí se llevó a un fulano el año pasado... Lo pescó en mero medio del puente y no pudo llegar a la otra orilla... ¿Les dieron permiso de venir conmigo? ...No se coman nada hasta que no lo laven.

Pero si me voy con ella sin avisar me dan otra fajeada. ¿Qué les voy a decir? A lo mejor no me expulsaron. *Sí, hombre, sí.* ¿A lo mejor no? *Sí, hombre.* ¿Qué les voy a decir? Pero, la culpa no fue toda mía. Ya me andaba por ir para fuera. Cuando estaba allí parado en el escusado él fue el que me empezó a hacer la vida pesada.

—Hey, Mex...I don't like Mexicans because they steal. You hear me?

—Yes.

—I don't like Mexicans. You hear, Mex?

—Yes.

—I don't like Mexicans because they steal. You hear me?

—Yes.

Me acuerdo que la primera vez que me peleé en la escuela tuve mucho miedo porque todo se había arreglado con tiempo. Fue por nada, nomás que unos muchachos ya con bigotes que estaban en el segundo grado todavía nos empezaron a empujar uno hacia el otro. Y así anduvimos hasta que nos peleamos yo creo de puro miedo. Como a una cuadra de la escuela recuerdo que me empezaron a empujar hacia Ramiro. Luego nos pusimos a luchar y a darnos golpes. Salieron unas señoras y nos separaron. Desde entonces me empecé a sentir más grande. Pero lo que fue hasta que me peleé fue puro miedo.

Esta vez fue distinta. Ni me avisó. Nomás sentí un golpe muy fuerte en la oreja y oí como cuando se pone a oír uno las conchas en la playa. Ya no recuerdo cómo ni cuándo le pegué pero sé que sí porque le avisaron a la principal que nos estábamos peleando en el escusado. ¿A lo mejor no me echaron fuera?

N'ombre, sí. Luego, ¿quién le llamaría a la principal? Y el barrendero todo asustado con la escoba en el aire, listo para aplastarme si trataba de irme.

—The Mexican kid got in a fight and beat up a couple of our boys,... No, not bad...but what do I do?

—...

—No, I guess not, they could care less if I expell him... They need him in the fields.

—...

—Well, I just hope our boys don't make too much about it to their parents. I guess I'll just throw him out.

—...

—Yeah, I guess you are right.

—...

—I know you warned me, I know, I know...but...yeah, okay.

Pero cómo me les iba a ir si todos los de la casa querían que fuera a la escuela. Él de todos modos estaba con la escoba en el aire listo para cualquier cosa... Y luego nomás me dijeron que me fuera.

Ésta es la mitad del camino a la casa. Este camposanto está pero bonito. No se parece nada al de Tejas. Aquél sí asusta, no me gusta para nada. Lo que me da más miedo es cuando vamos saliendo de un entierro y veo para arriba y leo en el arco de la puerta las letras que dicen *no me olvides*. Parece que oigo a todos los muertos que están allí enterrados decir estas palabras y luego se me queda en la cabeza el sonido de las palabras y a veces aunque no mire hacia arriba cuando paso por la puerta, las veo. Pero éste no, éste está pero bonito. Puro zacatito y árboles, yo creo que por eso aquí la gente cuando entierra a alguien ni llora. Me gusta jugar aquí. Que nos dejaran pescar en el arroyita que pasa por aquí, hay muchos pescados. Pero nada, necesitas tener hasta licencia para pescar y luego a nosotros no nos la quieren vender porque somos de fuera del estado.

Ya no voy a poder ir a la escuela. ¿Qué les voy a decir? Me han dicho muchas veces que los maestros de uno son los segundos padres...y ¿ahora? Cuando regresemos a Tejas también lo va a saber toda la gente. Mamá y papá se van a enojar; a lo mejor hacen más que fajearme. Y luego se van a dar cuenta mi tío y güelito también. A lo mejor me mandan a una escuela correccional como una de las cuales les he oído platicar. Allí lo hacen a uno bueno si es malo. Son muy fuertes con uno. Lo dejan como un guante de suavecito. Pero, a lo mejor no me expulsaron, *n'ombre, sí* a lo mejor no, *n'ombre, sí*. Podía hacer como que venía a la escuela y me quedaba aquí en este camposanto. Eso sería lo mejor. Pero, ¿y después? Les podía decir que se me perdió la report card. ¿Y luego si me quedo en el mismo año? Lo que me duele más es que ahora no voy a poder ser operador de teléfonos como quiere papá. Se necesita acabar la escuela para eso.

—Vieja, háblale al niño que salga... Mire, compadre, pregúntele a su ahijado lo que quiere ser cuando sea grande y que haya acabado ya la escuela.

—¿Qué va a ser, ahijado?

—No sé.

—¡Dile! No tengas vergüenza, es tu padrino.

—¿Qué va a ser, ahijado?

—Operador de teléfonos.

—¿A poco?

—Sí, compadre, está muy empeñado m'ijo en ser eso, si viera. Cada vez que le preguntamos dice que quiere ser operador. Yo creo que les pagan bien. Le dije al viejo el otro día y se rio. Yo creo que cree que m'ijo no puede, pero es que no lo conoce, es más vivo que nada. Nomás le pido a Diosito que le ayude a terminar la escuela y que se haga operador.

Aquella película estuvo buena. El operador era el más importante. Yo creo que por eso papá quiso luego que yo estudiara para eso cuando terminara la escuela. Pero,... a lo mejor no me echaron fuera. Que no fuera verdad. ¿A lo mejor no? *N'ombre, sí.* ¿Qué les digo? ¿Qué hago? Ya no me van a poder preguntar que qué voy a ser cuando sea grande. A lo mejor no. *N'ombre, sí.* ¿Qué hago? Es que duele y da vergüenza al mismo tiempo. Lo mejor es quedarme aquí. No, pero después se asusta mamá toda como cuando hay relámpago y truenos. Tengo que decirles. Ahora cuando venga mi padrino a visitarnos nomás me escondo. Ya ni para qué me pregunte nada. Ni para qué leerle como me pone papá a hacerlo cada vez que viene a visitarnos. Lo que voy a hacer cuando venga es esconderme detrás de la castaña o debajo de la cama. Así no les dará vergüenza a papá y a mamá. ¿Y que no me hayan expulsado? ¿A lo mejor no? *N'ombre, sí.*

—¿Para qué van tanto a la escuela?

—El jefito dice que para prepararnos. Si algún día hay una oportunidad, dice que a lo mejor nos la dan a nosotros.

—N'ombre. Yo que ustedes ni me preocupara por eso. Que al cabo de jodido no pasa uno. Ya no puede uno estar más jodido, así que ni me preocupo. Los que sí tienen que jugársela chango son los que están arriba y tienen algo que perder. Pueden bajar a donde estamos nosotros. ¿Nosotros qué?

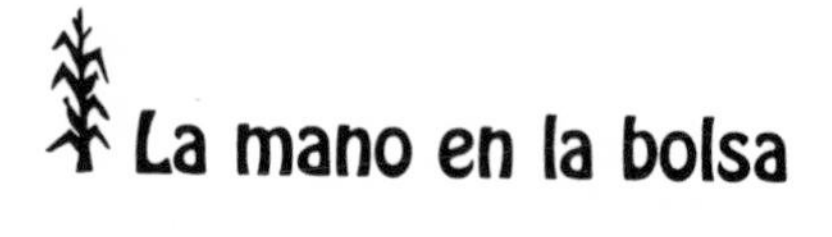

La mano en la bolsa

¿Te acuerdas de don Laíto y de doña Bone? Así les decían pero se llamaban don Hilario y doña Bonifacia. ¿No te acuerdas? Pues, yo tuve que vivir con ellos por tres semanas mientras se acababan las clases y al principio me gustó pero después ya no.

Era verdad lo que decían de ellos cuando no estaban presentes. De cómo hacían el pan, los molletes, de cómo a veces robaban y de que eran bulegas. Yo lo vi todo. De todos modos eran buenas gentes pero ya para terminarse las clases a veces me daba miedo andar con ellos en el moroltí que tenían y hasta de dormir en su casa; y ya al último, pues ni me daban ganas de comer. Así me la pasé hasta que vinieron por mí mi papá, mi mamá y mis hermanos.

Recuerdo que el primer día fueron muy buenos conmigo. Don Laíto se reía cada rato y se le veían los dientes de oro y los podridos. Doña Bone, bien gordota, cada rato me apretaba contra ella y yo nomás la sentía bien gorda. Me dieron de cenar, digo me dieron, porque ellos no comieron. Ahora que recuerdo, pues, nunca los vi comer. La carne que me frió estaba bien verde y olía muy feo cuando la estaba guisando pero al rato ya no olía tanto. Pero no sé si fue que me acostumbré al olor o porque don Laíto abrió la ventana. Solamente partes sabían mal. Me la comí toda porque no quería desagradar. A don Laíto y a doña Bone los quería toda la gente. Hasta los americanos los querían; siempre les daban botes de comida, ropa y juguetes. Y ellos, cuando no podían vendérnoslos a nosotros, nos los daban. También nos visitaban en la labor para vendernos pan de dulce hecho al estilo mexicano, hilo, agujas, botes de comida, y nopalitos, también zapatos, abrigos y otras cosas, a veces muy buenas, a veces muy malas.

> —Cómpreme estos zapatos, ándele... ya sé que están usados pero son de buena clase...fíjese como todavía no se acaban... éstos...le garantizo, duran hasta que se acaban...

No quise desagradar y por eso me comí todo. Y me hizo mal. Me tuve que pasar buen rato en el escusado. Lo bueno fue cuando me fui a acostar. Me metieron en un cuarto que no tenía luz, olía a pura humedad y estaba repleto de cosas —cajas, botellas, almanaques, bultos de ropa. Solamente había una entrada. No se veían las ventanas de tantas cosas todas amontonadas. La primera noche casi ni pude dormir porque estaba seguro de que del agujero que tenía el cielo del cuarto se bajarían las arañas. Todo olía muy feo. Ya para cuando oscureció no pude ver nada, pero sería medianoche cuando desperté. Yo creo que me había dormido, pero no estoy muy seguro. Lo único que podía ver era el agujero bien oscuro del cielo. Parecía que hasta se veían caras pero era la pura imaginación. De todos modos de allí en adelante me cogió el miedo pero fuerte. Y ya no pude dormir bien. Sólo en la madrugada cuando podía ver el resto de las cosas. A veces me imaginaba a don Laíto y a doña Bone sentados alrededor de mí y hubo veces que hasta estiré la mano para tocarlos, pero nada. Yo creo que desde el primer día quería que vinieran ya por mí. Ya me avisaba mi corazón de lo que pasaría después. No es que no fueran buenas gentes, sí lo eran, pero como dice la gente, tenían sus mañas.

En la escuela las clases iban todas bien. A veces, cuando llegaba por la tarde no se oía ningún ruido en las casita y parecía que no había nadie, pero casi siempre cuando estaba más en paz me asustaba doña Bone. Me apretaba por detrás y se reía y yo hasta saltaba de susto. Ella nomás risa y risa. Las primeras veces yo también terminaba por reírme pero después ya me fastidió eso. Después comenzaron poco a poco a decirme lo que hacían cuando iban al centro. Se robaban muchas cosas —comido, licor, ropa, cigarros y hasta carne. Cuando no podían venderlo a los vecinos, lo daban. Casi repartían todo. También al pasar los días me invitaron a que les viera hacer el pan de dulce. Don Laíto se quitaba la camisa. Se veía bien pellejoso. Empezaba a sudar al amasar la harina. Era cuando se metía las manos en los sobacos y luego seguía amasando la masa cuando me daba más asco. Era verdad lo que decían. Él me miraba a ver si me daba asco y me decía que así lo hacían todos los panaderos. Eso sí, yo nunca volví a comer pan de dulce del que hacía él aunque a veces tenía un montón grandísimo sobre la mesa.

Recuerdo que un día después de la escuela me pusieron a trabajar en el solar. No era que fuera tan duro pero desde ese instante me cogieron de puro contrato. Querían que trabajara a todas horas. Y es que mi papá les había pagado por el abordo. Una vez hasta querían que me calara a robarme un saco de harina de cinco libras. ¿Te imaginas? Yo tenía miedo y además no era justo. Don Laíto nomás se reía y me decía que no tenía *eguis*. De todos modos así siguieron los días, hasta a veces me daban ganas de irme de ahí, pero ni modo, ahí me había puesto papá y había gastado su dinero. La comida empeoró y ya era puro jale todo el tiempo.

Y luego...te voy a decir algo...pero por favorcito no se lo digas a nadie. Noté que empezó a venir un mojadito a la casa cuando don Laíto no estaba por allí. No sé cómo sabía cuando no estuviera. De todos modos si acaso estaba yo dentro de la casa doña Bone me echaba fuera y si estaba fuera atrancaba las puertas y yo sabía bien que no debía entrar. Una vez me quiso explicar doña Bone todo el mitote pero la mera verdad me dio vergüenza y casi no oí nada de lo que me dijo. Sí supe que le dejaba dinero. Ya estaba viejo el fulano pero cada vez que venía olía a pura loción de rasura y duraba el olor bastante rato después de haberse ido. Una noche oí la conversación entre los dos viejitos.

> —Este tiene dinero y además no tiene parientes. Fíjate, viejo, que sería muy fácil. Ni quién se preocupe por él...n'ombre, ¿tú crees?...al viejo le importa poco, él sabe bien que es puro mojado y si le pasa algo ¿tú crees que se va a preocupar por él? Nadie sabe que viene aquí...tú nomás déjamelo a mí... Uh, eso será muy fácil...

El día siguiente, después de la escuela, me rayaron en el solar, debajo de unos árboles, un cuadro en la tierra y me dijeron que querían hacer una soterránea y querían que empezara allí poco a poco. La iban a usar para poner todos los frascos de conserva que hacía doña Bone. Duré como tres días para llegarle poco hondo y luego me dijeron que ya no. Que siempre no la iban a hacer. Y luego lo mero bueno.

Me acuerdo muy bien que llegó el mojadito bien hecho de pelo un día y como siempre muy oloroso.

Ya al anochecer me llamó doña Bone a que fuera a comer. Ahí estaba don Laíto ya pero no sabía cómo había entrado. Después de la cena me dijeron que me acostara luego, luego.

Llevé un susto pero susto porque al recargarme sobre la cama sentí como una víbora pero en realidad era un brazo del mojadito. Yo creía que estaría borracho porque no despertó. Salté para atrás y salí del cuarto. Los dos viejos se soltaron riendo. Luego noté que parte de la camisa la traía llena de sangre. No hallaba ni qué pensar. Nomás me acuerdo de los dientes de oro y de los podridos de don Laíto.

Cuando ya estaba bien oscuro me hicieron que les ayudara a arrastrarlo y echarlo al pozo que yo mismo había hecho. Yo no quería muy bien pero luego me dijeron que le dirían a la policía que yo lo había matado. Me acordé que mi papá les había pagado por la comida y el cuarto y de que hasta los americanos los querían muy bien. Todo lo que deseaban mis papás era que yo terminara la escuela para poder conseguir un trabajito que no fuera tan duro. Tenía mucho miedo pero como quiera lo eché al pozo. Luego entre los tres le echamos la tierra encima. Nunca le vi la cara. Y todo lo que quería yo era que se acabara la escuela para que vinieran por mí. Las dos semanas que faltaban se me pasaron muy despacio. Yo creía que se me iba a pasar el susto o que me podía olvidar, pero nada. Don Laíto hasta traía ya el reloj de pulsera del mojadito. En el solar quedó un bulto en la tierra.

Cuando por fin vinieron por mí papá y mamá me dijeron que estaba muy flaco y que me veía como que estaba enfermo de susto. Yo les decía que no, que era porque jugaba mucho en la escuela y después de la escuela. Antes de irnos me apretaron don Laíto y doña Bone y me dijeron en voz alta para que oyera papá que no dijera nada o le decían a la policía. Luego se soltaron riendo y noté que papá lo había entendido todo como una broma. Rumbo al rancho hablaron de lo bueno que eran don Laíto y doña Bone y de cómo todos los querían muy bien. Yo nomás seguía viendo para afuera de la ventana del carro y les decía que sí. Después de unos dos meses, ya cuando parecía que se me estaba olvidando todo aquello, vinieron a visitarnos al rancho. Me traían un presente. Un anillo. Me hicieron que me lo pusiera y recordé que era el que traía aquel día el mojadito. Nomás se fueron y traté de tirarlo pero no sé por qué no pude. Se me hacía que alguien se lo hallaba. Y lo peor fue que por mucho tiempo, nomás veía a algún desconocido, me metía la mano a la bolsa. Esa maña me duró mucho tiempo.

Faltaba una hora para que empezara la película de la tarde. Necesitaba cortarse el pelo, así que se metió a la peluquería de enfrente del cine. De primero no comprendió muy bien y se sentó. Pero luego le dijo de nuevo que no podía cortarle el pelo. El creyó que porque no tenía tiempo y se quedó sentado a esperar al otro peluquero. Cuando éste acabó con el cliente él se levantó y se fue al sillón. Pero este peluquero le dijo lo mismo. Que no podía cortarle el pelo. Además le dijo que mejor sería que se fuera. Cruzó la calle y se quedó parado esperando que abrieran el cine, pero luego salió el peluquero y le dijo que se fuera de allí. Entonces comprendió todo y se fue para la casa a traer a su papá.

La noche estaba plateada

La noche que le llamó al diablo estaba plateada. Casi se distinguía todo y hasta olía a día. Durante todo el día había pensado en lo que podría pasarle pero entre más pensaba, más y más era la curiosidad y menos el miedo. Así que para cuando se acostaron todos y apagaron la luz, ya se había decidido salir a la mera medianoche. Tendría que resbalarse por el piso hasta la puerta sin que nadie le sintiera ni le viera.

—Apá. ¿Por qué no deja la puerta abierta? Que al cabo ni hay ni zancudos.

—Sí, pero ¿si se mete un animal? Ya viste cómo se les metió el tejón aquel a los Flores.

—Pero, si eso fue hace dos años. Ándele, déjela abierta. Hace mucho calor. No se mete nada. En esta mota lo único que queda son los cuervos y ésos no buscan las casas. Ándele, fíjese cómo las demás gentes dejan las puertas abiertas.

—Sí, pero siquiera tienen telas.

—No todas, ándele mire qué bonita se ve la luna. Todo en paz.

—Bueno... N'ombre, vieja, no se mete nada. Tú siempre con el miedo.

Lo del diablo le había fascinado desde cuando no se acordaba. Aun ya cuando lo habían llevado a las pastorelas de su tía Pana tenía la curiosidad por lo que podría ser y cómo sería. Recordaba a don Rayos con la máscara de lámina negra y los cuernos rojos y la capa negra. Luego recordaba cuando se había encontrado el ropaje y la máscara debajo de la casa de don Rayos. Se le había ido una canica para debajo de la casa y al sacarla se encontró todo lleno de polvo. Había sacado todo, lo había despolvado, y luego se había puesto la máscara.

—Fíjese, compadre, que con el diablo no se juega. Hay muchos que le han llamado y después les ha pesado. La mayoría casi se vuelve loca. A veces que en grupos le han llamado para no tener tanto miedo. Pero no se les aparece hasta después, de a uno por uno, solitos y de distintas formas. No, no hay que jugar con el diablo. Al hacerlo ya, como quien dice, se le entrega el alma. Hay unos que se mueren de susto, otros no, nomás empiezan a entristecer, y luego ni hablan. Como que se les va el alma del cuerpo.

Desde donde estaba acostado en el piso podía ver el reloj sobre la mesa. Sintió cómo se fueron durmiendo cada uno de sus hermanos y luego los jefitos. Hasta creía oír los ronquidos que venían por la noche desde los otros gallineros. De las once a las once cincuenta y cinco fue lo más despacio. A veces le entraba un poco de miedo pero luego veía hacia fuera y se veía todo tan quieto y tan suave con lo plateado de la luna que se le iba el miedo de pronto.

—Si me voy de aquí a las once cincuenta tendré bastante tiempo para llegar al centro de la mota. De a buena suerte que aquí no hay víboras, si no, sería peligroso andar entre la hierba tan grande que hay en el centro de la mota. A las meras doce le hablo. Más vale llevarme el reloj para saber exactamente cuando son las doce, si no, a lo mejor no viene. Tiene que ser a medianoche, a la mera medianoche, a las meritas doce.

Salió muy despacio sin hacer ruido y levantó el reloj de la mesa. Se lo echó en la bolsa del pantalón y notó que sonaba más fuerte dentro de la bolsa que afuera. Aun ya fuera del gallinero se fue lentamente pisando con cuidado, se detenía de vez en cuando. Sentía que alguien le veía. Siguió cuidadosamente hasta que había pasado el escusado. De allí casi no se podían ver los gallineros y ya empezó a hablarse pero muy quedito.

> —Y ¿cómo le llamo? A lo mejor se me aparece. No, no creo. De todos modos si se me aparece no me puede hacer nada. Todavía no me muero. Así que no puede hacerme nada. Nomás quisiera saber si hay o no hay. Si no hay diablo a lo mejor no hay tampoco... No, más vale no decirlo. Me puede caer un catigo. Pero si no hay diablo a lo mejor tampoco hay castigo. No, tiene que haber castigo. Bueno, pero ¿cómo le hablo? Solamente ¿diablo? o ¿pingo? o ¿chamuco? ¿Lucifer? ¿Satanás? ...lo que me me venga primero.

Llegó al centro de la mota y le llamó. Primero no le salían las palabras de puro miedo, pero luego que accidentalmente se le salió el nombre en voz alta y no pasó nada, siguió llamándole de distintas maneras. Y nada. No salió nadie. Todo se veía igual. Todo establa igual. Todo en paz. Pensó entonces que lo mejor sería maldecir al diablo. Lo hizo. Le echó todas las maldiciones que sabía en distintos tonos de voz. Hasta le echó de la madre. Pero, nada. No se apareció nada ni nadie ni cambió nada. Desilusionado y sintiendo a veces cierta valentía empezó a caminar hacia la casa. El viento que sonaba las hojas de los árboles parecía acompañarle los pasos. No había diablo.

> —Pero si no hay diablo tampoco hay... No, más vale no decirlo. A lo mejor me cae un castigo. Pero, no hay diablo. A lo mejor se me aparece después. No, se me hubiera aparecido ya. ¿Qué mejor ocasión que en la noche y yo solo? No hay. No hay.

En dos o tres ocasiones sintió que alguien le hablaba pero no quiso voltear, no de miedo sino porque estaba seguro de que no era nadie ni nada. Ya cuando se acostó, con mucho cuidado, sin hacer ruido, y cerciorado de que no había diablo le empezó a entrar un escalofrío y una revoltura en el estómago. Antes de dormirse pensó un buen rato. *No hay diablo, no hay nada.* Lo único que había habido en la mota había sido su propia voz. Pensó que bien decía la gente que no se jugaba con el diablo. Luego comprendió todo. Los que le llamaban al diablo y se volvían locos, no se volvían locos porque se les aparecía sino al contrario, porque no se les aparecía. Y se quedó dormido viendo cómo la luna saltaba entre las nubes y los árboles contentísima de algo.

Una tarde el ministro de una de las iglesias protestantes del pueblo vino al rancho y les avisó que iba a venir un fulano a enseñarles trabajos manuales para que ya no tuvieran que trabajar solamente en la tierra. Casi la mayor parte de los hombres se animaron. Les iba a enseñar a ser carpinteros. El fulano vino como a las dos semanas en una camioneta y con una trailer. Traía de ayudante a la esposa del ministro para que le interpretara. Pero nunca les enseñaron nada. Se pasaban todo el día dentro de la trailer. A la semana se fueron sin decir una palabra. Supieron después que la había quitado la esposa al ministro.

...y no se lo tragó la tierra

La primera vez que sintió odio y coraje fue cuando vio llorar a su mamá por su tío y su tía. A los dos les había dado la tuberculosis y a los dos los habían mandado a distintos sanatorios. Luego entre los otros hermanos y hermanas se habían repartido los niños y los habían cuidado a como había dado lugar. Luego la tía se había muerto y al poco tiempo habían traído al tío del sanatorio, pero ya venía escupiendo sangre. Fue cuando vio llorar a su madre cada rato. A él le dio coraje porque no podía hacer nada contra nadie. Ahora se sentía lo mismo. Pero ahora era por su padre.

—Se hubieran venido luego luego, m'ijo. ¿No veían que su tata estaba enfermo? Ustedes sabían muy bien que estaba picado del sol. ¿Por qué no se vinieron?

—Pos, no sé. Nosotros como andábamos bien mojados de sudor no se nos hacía que hacía mucho calor pero yo creo que cuando está picado uno del sol es diferente. Yo como quiera sí le dije que se sentara debajo del árbol que está a la orilla de los surcos, pero él no quiso. Fue cuando empezó a vomitar. Luego vimos que ya no pudo azadonear y casi lo llevamos en rastra y lo pusimos debajo del árbol. Nomás dejó que lo lleváramos. Ni repeló ni nada.

—Pobre viejo, pobre de mi viejo. Anoche casi ni durmió. ¿No lo oyeron ustedes fuera de la casa? Se estuvo retorciendo toda la noche de puros calambres. Dios quiera y se alivie. Le he estado dando agua de limonada fresca todo el día pero tiene los ojos como de vidrio. Si yo hubiera ido ayer a la labor les aseguro que no se hubiera asoleado. Pobre viejo, le van a durar los calambres por todo el cuerpo a lo menos tres días y tres noches. Ahora ustedes cuídense. No se atareen tanto. No le hagan caso al viejo si los apura. Aviéntenle con el trabajo. Como él no anda allí empinado, se le hace muy fácil.

Le entraba más coraje cuando oía a su papá gemir fuera del gallinero. No se quedaba adentro porque decía que le entraban muchas ansias. Apenas afuera podía estar, donde le diera el aire. También podía estirarse en el zacate y revolcarse cuando le entraban los calambres. Luego pensaba en que si su padre se iba a morir de la asoleada. Oía a su papá que a veces empezaba a rezar y a pedir ayuda a Dios. Primero había tenido esperanzas de que se aliviara pronto pero al siguiente día sentía que le crecía el odio. Y más cuando su mamá o su papá clamaban por la misericordia de Dios. También esa noche los habían despertado, ya en la madrugada, los pujidos de su papá. Y su mamá se había levantado y le había quitado los escapularios del cuello y se los había lavado. Luego había prendido unas velitas. Pero, nada. Era lo mismo de cuando su tío y su tía.

—¿Qué se gana, mamá, con andar haciendo eso? ¿A poco cree que le ayudó mucho a mi tío y a mi tía? ¿Por qué es que nosotros estamos aquí como enterrados en la tierra? O los microbios nos comen o el sol nos asolea. Siempre alguna enfermedad. Y todos los días, trabaje y trabaje. ¿Para qué? Pobre papá, él que le entra parejito. Yo creo que nació trabajando. Como dice él, apenas tenía los cinco años y ya andaba con su papá sembrando maíz. Tanto darle de comer a la tierra y al sol y luego, zas, un día cuando menos lo piensa cae asoleado. Y uno sin poder hacer nada. Y luego ellos rogándole a Dios...si Dios no se acuerda de uno...yo creo que ni hay... No, mejor no decirlo, a lo mejor empeora papá. Pobre, siquiera eso le dará esperanzas.

Su mamá le notó lo enfurecido que andaba y le dijo por la mañana que se calmara, que todo estaba en las manos de Dios y que su papá se iba a aliviar con la ayuda de Dios.

—N'ombre, ¿usted cree? A Dios, estoy seguro, no le importa nada de uno. ¿A ver, dígame usted si papá es de mal alma o de mal corazón? ¿Dígame usted si él ha hecho mal a alguien?

—Pos no.

—Ahí está. ¿Luego? ¿Y mi tío y mi tía? Usted dígame. Ahora sus pobres niños sin conocer a sus padres. ¿Por qué se los tuvo que llevar? N'ombre, a Dios le importa poco de uno los pobres. A ver, ¿por qué tenemos que vivir aquí de esta manera? ¿Qué mal le hacemos a nadie? Usted tan buena gente que es y tiene que sufrir tanto.

—Ay, hijo, no hables así. No hables contra la voluntad de Dios. M'ijo, no hables así favor. Que me das miedo. Hasta parece que llevas el demonio entre las venas ya.

—Pues, a lo mejor. Así, siquiera se me quitaría el coraje. Ya me canso de pensar. ¿Por qué? ¿Por qué usted? ¿Por qué papá? Por qué me tío? ¿Por qué mi tía? ¿Por qué sus niños? ¿Dígame usted por qué? ¿Por qué nosotros nomás enterrados en la tierra como animales sin ningunas esperanzas de nada? Sabe que las únicas esperanzas son las de venir para acá cada año. Y como usted misma dice, hasta que se muere uno, descansa. Yo creo que así se sintieron mi tío y mi tía, y así se sentirá papá.

—Así es, m'ijo. Sólo la muerte nos trae el descanso a nosotros.

—Pero, ¿por qué a nosotros?

—Pues dicen que…

—No me diga nada. Ya sé lo que me va a decir — que los pobres van al cielo.

Ese día empezó nublado y sentía lo fresco de la mañana rozarle las pestañas mientras empezaban a trabajar él y sus hermanos. La madre había tenido que quedarse en casa a cuidar al viejo. Así que se sentía responsable de apurar a sus hermanos. Por la mañana, a lo menos por las primeras horas, se había aguantado el sol, pero ya para las diez y media limpió el cielo de repente y se aplanó sobre todo el mundo. Empezaron a trabajar más despacio porque se les venía una debilidad y un bochorno si trabajaban muy aprisa. Luego se tenían que limpiar el sudor de los ojos cada rato porque se les oscurecía la vista.

—Cuando vean oscuro, muchachos, párenle de trabajar o denle más despacio.

Cuando lleguemos a la orilla descansamos un rato para coger fuerzas. Va a estar caliente hoy. Que se quedara nubladito así como en la mañana, ni quién dijera nada. Pero nada, ya aplanándose el sol ni una nubita se le aparece de puro miedo. Para acabarla de fregar, aquí acabamos para los dos y luego tenemos que irnos a aquella labor que tiene puro lomerío. Arriba está bueno pero cuando estemos en las bajadas se pone bien sofocado. Ahí no ventea nada de aire. Casi ni entra el aire. ¿Se acuerdan?

—Sí.

—Ahí nos va a tocar lo mero bueno del calor. Nomás toman bastante agua cada rato; no le hace que se enoje el viejo. No se vayan a enfermar. Y si ya no aguantan me dicen luego luego ¿eh? Nos vamos para la casa. Ya vieron lo que le pasó a papá por andar aguantando. El sol se lo puede comer a uno.

Así como habían pensado se habían trasladado a otra labor para las primeras horas de la tarde. Ya para las tres andaban todos empapados de sudor. No traían una parte de la ropa seca. Cada rato se detenían. A veces no alcanzaban respiración, luego veían todo oscuro y les entraba el miedo de asolearse, pero seguían.

—¿Cómo se sienten?

—N'ombre, hace mucho calor. Pero tenemos que seguirle. Siquiera hasta las seis. Nomás que esta agua que traemos ya no quita la sed. Cómo quisiera un frasco de agua fresca, fresquecita acabada de sacar de la noria, o una coca bien helada.

—Estás loco, con eso sí que te asoleas. Nomás no le den muy aprisa. A ver si aguantamos hasta las seis. ¿Qué dicen?

A las cuatro se enfermó el más chico. Tenía apenas nueve años pero como ya le pagaban por grande trataba de emparejarse con los demás. Empezó a vomitar y se quedó sentado, luego se acostó. Corrieron todos a verlo atemorizados. Parecía como que se había desmayado y cuando le abrieron los párpados tenía los ojos volteados al revés. El que se le seguía en edad empezó a llorar pero le dijo luego luego que se callara y que ayudara a llevarlo a casa. Parecía que se le venían calambres por todo el cuerpecito. Lo llevó entonces cargado él solo y se empezó a decir otra vez que por qué.

—¿Por qué a papá y luego a mi hermanito? Apenas tiene los nueve años. ¿Por qué? Tiene que trabajar como un burro enterrado en la tierra. Papá, mamá y éste mi hermanito, ¿qué culpa tienen de nada?

Cada paso que daba hacia la casa le retumbaba la pregunta ¿por qué? Como a medio camino se empezó a enfurecer y luego comenzó a llorar de puro coraje. Sus otros hermanitos no sabían qué hacer y empezaron ellos también a llorar, pero de miedo. Luego empezó a echar maldiciones. Y no supo ni cuándo, pero lo que dijo lo había tenido ganas de decir desde hacía mucho tiempo. Maldijo a Dios. Al hacerlo sintió el miedo infundido por los años y por sus padres. Por un segundo vio que se abría la tierra para tragárselo. Luego se sintió andando por la tierra bien apretada, más apretada que nunca. Entonces le entró el coraje de nuevo y se desahogó maldiciendo a Dios.Cuando vio a su hermanito ya no se le hacía tan enfermo. No sabía si habían comprendido sus otros hermanos lo grave que había sido su maldición.

Esa noche no se durmió hasta muy tarde. Tenía una paz que nunca había sentido antes. Le parecía que se había separado de todo. Ya no le preocupaba ni su papá ni su hermano. Todo lo que esperaba era el nuevo día, la frescura de la mañana. Para cuando amaneció su padre estaba mejor. Ya iba de alivio. A su hermanito también casi se le fueron de encima los calambres. Se sorprendía cada rato por lo que había hecho la tarde anterior. Le iba a decir a su mamá pero decidió guardar el secreto. Solamente le dijo que la tierra no se comía a nadie, ni que el sol tampoco.

Salió para el trabajo y se encontró con la mañana bien fresca. Había nubes y por primera vez se sentía capaz de hacer y deshacer cualquier cosa que él quisiera. Vio hacia la tierra y le dio una patada bien fuerte y le dijo:

—Todavía no, todavía no me puedes tragar. Algún día, sí. Pero yo ni sabré.

El abuelo quedó paralizado del cuello para abajo después del ataque al cerebro. Uno de sus nietos vino a platicar con él un día. El abuelo le preguntó que cuántos años tenía y que qué era lo que más deseaba. El nieto le contestó que tenía veinte y que lo que más quería era que se pasaran los siguientes diez años de su vida inmediatamente para saber lo que había pasado con su vida. El abuelo le dijo que estaba bien estúpido y ya ni le siguió hablando. El nieto no comprendió por qué le había llamado estúpido hasta que cumplió los treinta años.

Primera comunión

La primera comunión siempre la hacía el padre a mediados de la primavera. Yo siempre recordaré aquel día en mi vida. Me acuerdo de lo que llevaba puesto, de mi padrino y del chocolate con pan que desayunamos después de la comunión, pero también me acuerdo de lo que vi en la sastrería que estaba a un lado de la iglesia. Yo creo que todo pasó porque me fui muy temprano a la iglesia. Es que no había podido dormir la noche anterior tratando de recordar los pecados que tenía y, peor, tratando de llegar a un número exacto. Además, como mamá me había puesto un cuadro del infierno en la cabecera y como el cuarto estaba empapelado de caricaturas del fantasma y como quería salvarme de todo mal, pensaba sólo en eso.

—Recuerden, niños, quietitos, quietitos. Ya han aprendido bien los rezos, ahora ya saben cuáles son los pecados mortales y los veniales, ahora ya saben lo que es un sacrilegio, ahora ya saben que ustedes son almas de Dios, pero que pueden ser almas del diablo. Pero cuando vayan a confesarse tienen que decir todos los pecados, tienen que tratar de recordar todos los que hayan hecho. Porque si se les olvida uno y van a comulgar entonces eso sería un sacrilegio y si hacen un sacrilegio van al infierno. Diosito sabe todo. A él no le pueden mentir. A mí sí, al padrecito sí, pero Dios sabe todo, así que si no tienen el alma purificada de pecados entonces no deberían de comulgar; sería sacrilegio. Así que a decir todos los pecados. A recordar todos los pecados. ¿No les daría vergüenza venir a comulgar y después acordarse de algún pecado que se les olvidó? A ver, vamos a practicar con los pecados. ¿Quién quere empezar? Vamos a empezar con los pecados que hacemos con las manos cuando nos tocamos el cuerpo. ¿Quién quiere empezar?

A la monjita le gustaba que dijéramos los pecados del cuerpo. La mera verdad es que ensayábamos mucho sobre los pecados y también la mera verdad era que yo no comprendía muchas cosas. Lo que sí me daba miedo era el infierno porque unos meses antes me había caído en un baño de brasas que usábamos como calentador en el cuartito donde dormíamos. Me había quemado el chamorro. Bien me podía imaginar lo que sería estar en el infierno para siempre. Eso era todo lo que comprendía. Así que esa noche, vísperas de primera comunión, me la pasé repasando todos los pecados que había cometido. Pero lo más difícil era llegar a un número definitivo como lo quería la monjita. Sería ya la madrugada cuando por fin llegué a un punto de conciencia justificada. Había hecho ciento cincuenta pecados pero iba a admitir a doscientos.

—Si digo ciento cincuenta y se me han olvidado algunos me va mal. Mejor digo doscientos y así por muchos que se me pasen no hago ningún sacrilegio. Sí, he hecho doscientos pecados... Padrecito, vengo a confesar mis pecados... ¿Cuántos? ...doscientos...de todas clases... ¿Los mandamientos? Contra todos los diez mandamientos... Así no hay sacrilegios. Es mejor así, diciendo de más queda uno más purificado.

Recuerdo que ese día me levanté más temprano aún de lo que esperaba mamá. Mi padrino iba a estar esperándome en la iglesia y no quería llegar ni un segundo tarde.

—Ándele, mamá, arrégleme los pantalones, yo creía que ya lo había hecho anoche.

—Es que no puede ver más anoche. La vista me está fallando ya y por eso lo dejé mejor para esta mañana. Oye, y ¿qué prisa tienes esta mañana? Es muy temprano todavía. No se van a confesar hasta las ocho y apenas son las seis. Tu padrino no va a estar allí hasta las ocho.

—Ya sé, pero no pude dormir. Ándele, mamá, que ya quiero irme.

—Y ¿qué vas a hacer tan temprano?

—Pues quiero irme porque se me hace que se me olvidan los pecados que tengo que decirle al padre. Estando en la iglesia puedo pensar mejor.

—Bueno, ahorita acabo. No creas, si nomás pudiendo ver, puedo hacer bastante.

Me fui repasando los pecados y los sacramentos de la comunión. Ya estaba bien claro el día pero todavía no se veía mucha gente en la calle. La mañana estaba fresca. Cuando llegué a la iglesia la encontré cerrada. Yo creo que el padre se habría quedado dormido o andaba muy ocupado. Por eso me fui andando alrededor de la iglesia y pasé cerca de la sastrería que estaba a un lado de la iglesia. Me sorprendieron unas risotadas y luego unos gemidos porque no creía que hubiera gente por allí. Pensé que sería un perro pero luego ya se oyó como gente otra vez y por eso me asomé por la ventanita que tenía la puerta. Ellos no me vieron pero yo sí. Estaban desnudos y bien abrazados en el piso sobre unas camisas y vestidos. No sé por qué pero no podía quitarme de la ventanita. Luego me vieron ellos y trataron de taparse y me gritaron que me fuera de allí. La mujer se veía toda desgreñada y como que estaba enferma. Yo, la mera verdad, me asusté y me fui corriendo para la iglesia pero ya no me podía quitar de la cabeza lo que había visto. Pensé entonces que esos serían los pecados que hacíamos con las manos en el cuerpo. Pero no se me quitaba de la vista aquella mujer y aquel hombre en el piso. Cuando empezaron a venir los demás compañeros les iba a decir pero pensé mejor decirles después de que comulgaran. Me sentía más y más como que yo había cometido el pecado del cuerpo.

—Ya ni modo. Pero, no puedo decirles a los otros, si no van a pecar como yo. Mejor no voy a comulgar. Mejor no me confieso. No puedo ahora que sé, no puedo. Pero ¿qué dirán mi papá y mi mamá si no comulgo?...y mi padrino, ni modo de dejarlo plantado. Tengo que confesar lo que vi. Me dan ganas de ir otra vez. A lo mejor están en el piso todavía. Ni modo, voy a tener que echar mentiras. ¿A lo mejor se me olvida de aquí a cuando me confiese? ¿A lo mejor no vi nada? ¿Y que no hubiera visto nada?

Recuerdo que cuando me fui a confesar y que me preguntó el padre por los pecados, le dije solamente que doscientos y de todos. Me quedé con el pecado de carne. Al regresar a casa con mi padrino se me hacía todo cambiado, como que estaba y no estaba en el mismo lugar. Todo me parecía más pequeño y menos importante. Cuando vi a papá y a mamá me los imaginé en el piso. Empecé a ver a todos los mayores como desnudos y ya se me hacían las caras hasta torcidas y hasta los oía reír o gemir aunque ni se estuvieran riendo. Luego me imaginé al padre y a la monjita por el piso. Casi ni pude comer el pan dulce ni tomarme el chocolate y nomás acabé y recuerdo que salí corriendo de la casa. Parecía sentirme como que me ahogaba.

—Y ¿éste qué tiene? ¡Qué atenciones!

—Ándele, déjelo, compadre, no se apure por mí, yo tengo los míos. Estos chicos, todo lo que piensan es en jugar todo el tiempo. Déjelo, que se divierta, hoy es su primera comunión.

—Sí, sí, compadre, si yo no digo que no jueguen. Pero tienen que aprender a ser más atentos. Tienen que tener más respeto a los grandes, a sus mayores, contimás a su padrino.

—No, pos, eso sí.

Recuerdo que me fui rumbo al monte. Levanté unas piedras y se las tiré a unos nopales. Luego quebré unas botellas. Me trepé en un árbol y allí me quedé mucho rato hasta que me cansé de pensar. Cada rato recordaba la escena de la sastrería y allá solo hasta me entraba gusto al repasar. Hasta se me olvidó que le había echado mentiras al padre. Y luego me sentía lo mismo que cuando había oído hablar al misionero acerca de la gracia de Dios. Tenía ganas de saber más de todo. Y luego pensé que a lo mejor era lo mismo.

La profesora se asombró del niño cuando éste, al oír que necesitaban un botón para poner como seña en el cartelón de la industria botonera, se arrancó uno de su camisa y se lo dio. Se asombró porque sabía que probablemente era la única camisa que tenía. No supo si lo hizo por ayudar, por pertenecer o por amor a ella. Sí sintió la intensidad de las ganas y más que todo por eso se sorprendió.

Los quemaditos

Los García eran cinco. Don Efraín, doña Chona y los tres niños, Raulito, Juan y María, de siete, seis y cinco años respectivamente. El domingo por la noche habían venido muy entusiasmados del cine porque habían visto una película de boxeo. A don Efraín le había gustado más que a todos y luego cuando habían llegado a la casa había sacado los guantes de boxear que les había comprado a los niños y luego les había hecho que se pusieran los guantes a los dos niños. Hasta les quitó la ropa y los dejó en calzoncillos y les untó un poquito de alcohol en el pechito, así como lo habían hecho en la película. A doña Chona no le gustaba que pelearan porque siempre salía alguien disgustado y luego se formaba la llorería por un buen rato.

—Ya, viejo, ¿para qué les haces que se peleen? Nada vale; a Juan siempre le sale sangre de las narices y tú sabes lo difícil que es parársela después. Ya, viejo, déjalos que se duerman.

—Hombre, vieja.

—Si no soy hombre.

—Déjalos que jueguen. Y a lo mejor aprenden siquiera a defenderse.

—Pero es que apenas cabemos parados en este gallinero y tú andas ahí correteando como si tuviéramos tanto lugar.

—Y ¿tú qué crees que hacen cuando nos vamos al trabajo? Ya quisiera que estuvieran más grandes para poder llevarlos con nosotros a la labor. Para que trabajaran o que se quedaran quietos en el carro siquiera.

—Pos sí. Pero ¿tú crees? Entre más grandes más inquietos. A mí no me gusta nada dejarlos aquí solos.

—A lo mejor uno de éstos sale bueno para el guante y entonces sí nos armamos, vieja. Fíjate nomás lo que ganan los campeones. Miles y miles. A ver si les mando traer un punching bag por catálogo la semana que entra nomás que nos paguen.

—Pos sí, ¿cómo sabe uno, verdad?

—Pos sí. Es lo que digo yo.

A los tres niños los dejaban en casa cuando se iban a trabajar porque al viejo no le gustaba que anduvieran los niños en la labor haciendo travesuras o quitándoles el tiempo a los padres. Habían tratado de llevarlos con ellos y mantenerlos en el carro pero se había puesto muy caliente el día y muy bochornoso y hasta se habían puesto enfermos. Desde entonces decidieron dejarlos en casa mejor, aunque eso sí todo el día andaban bien preocupados por ellos. En lugar de echar lonche iban a casa a comer a mediodía y así se daban cuenta de que si estaban bien o no. Ese siguiente lunes se levantaron como siempre de madrugadita y se fueron a trabajar. Los niños se quedaron bien dormiditos.

—Te ves muy contento, viejo.

—Ya sabes por qué.

—No, no solamente por eso, te ves más contento que por eso.

—Es que quiero mucho a mis hijos. Como tú. Y venía pensando en cómo a ellos también les gusta jugar con uno.

Como a las diez de la mañana divisaron, desde la labor donde andaban, una humadera que se levantaba en el rancho. Todos pararon de trabajar y se echaron en corrida a sus propios carros. A toda velocidad partieron para el rancho. Cuando llegaron hallaron al gallinero de los García envuelto en llamas. Solamente el más grande se salvó. Los otros qudaron quemaditos.

—Dicen que el más grandecito les hizo que se pusieran los guantes a Juan y a María. Andaban jugando nomás. Pero luego creo que les untó alcohol y quién sabe qué más mugrero en los cuerpecitos para hacerle igual que en la película que habían visto. Y así anduvieron jugando.

—Pero, ¿cómo se quemaron?

—Pues, nada, que el más grandecito, Raulito, se puso al mismo tiempo a guisar unos huevos y de un modo y otro se encendieron los cuerpecitos y pa' qué quiere.

—Les echaría mucho alcohol.

—Ande, usted sabe cómo tiene uno mugrero en la casa y tan reducido que está todo. Creo que les explotó el tanque de querosín de la estufa y pa' qué quiere. Les llenaría a todos de lumbre y claro que también el gallinero.

—Pos sí.

—Y ¿sabe qué?

—¿Qué?

—Que lo único que no se quemó fueron los guantes. Dicen que a la niñita la hallaron toda quemadita con los guantes puestos.

—Pero, ¿por qué no se quemarían los guantes?

—Es que esta gente sabe hacer los cosas muy bien y no les entra ni la lumbre.

—Y los García, ¿cómo siguen?

—Pues ya se les está pasando la tristeza aunque no creo que se les olvide.

Dígame usted qué más puede hacer uno. Si no sabe uno cuándo le toca, ni cómo. Pobrecitos. Pero no sabe uno.

—Pos no.

Fue un día muy bonito el día del casamiento. Toda esa semana había andado el novio y su padre bien atareados componiendo el solar de la casa de la novia y haciendo una carpa de lona dentro de la cual recibirían las felicitaciones los novios. Trajeron unas ramas de nogal y unas flores del campo y arreglaron todo muy bien. Luego alisaron muy bien y con mucho cuidado enfrente de la carpa. Cada rato le echaban agua para que se fuera aplanando la tierra. Así, cuando empezara el baile no se levantaría la polvadera. Después de que se casaron en la iglesia se vinieron andando por toda la calle con todas las madrinas y los padrinos detrás de ellos. Enfrente de ellos venía un montón de niños corriendo y gritando, "Ahí vienen los novios."

La noche que se apagaron las luces

La noche que se apagaron las luces en el pueblo unos se asustaron y otros no. No había tormenta ni relámpagos, así que unos no supieron hasta después. Los que habían estado en el baile supieron pero los que no, no...hasta otro día. Los que se habían quedado en casa nomás se dieron cuenta de que poco después de que se apagaron las luces ya no se oyó la música por entre la noche y adivinaron que se había acabado el baile. Pero no se dieron cuenta de nada hasta otro día.

—Este Ramón quería mucho a su novia. Sí, la quería mucho. Yo sé bien porque era amigo mío y, tú sabes que no hablaba mucho, pero como quiera a mí me decía todo. Muchas veces me dijo que la quería mucho. Andaban de novios desde el año pasado y se habían regalado unos anillos muy bonitos que compraron en el Kres. Ella también lo quería, pero quién sabe qué pasaría este verano. Dicen que apenas la había vuelto a ver desde hace cuatro meses...no se sabe, no se sabe...

—Mira, te prometo que no voy a andar con nadie. Ni que le voy a hacer borlote a nadie. Te prometo. Quiero casarme contigo... Nos vamos ahorita mismo si quieres...pues entonces hasta que acabe la escuela. Pero, mira, te prometo que no voy a andar con nadie ni le voy a hacer borlote a nadie. Te prometo. Si quieres nos vamos ahorita. Yo te puedo mantener. Ya sé, ya sé...pero se conforman. Vámonos. ¿Te vas conmigo?

—No, es mejor esperarnos. ¿No crees? Es mejor hacerlo bien. Yo también te prometo... Tú sabes bien que te quiero. Confía en mí. Papá quiere que acabe la escuela. Y, pues tengo que hacer lo que él dice. Pero no porque no me voy contigo no te quiero. Sí te quiero, te quiero mucho. Confía en mí. Yo también no voy a andar con nadie. Te prometo.

—Sí se sabe, sí se sabe, no me digas que no se sabe. A mí me platicaron otra cosa. A mí me dijeron que había andado con un pelado allá en Minesota. Y que como quiera, dicen que siguió escribiéndole a Ramón. Siguió echándole mentiras. Unos amigos de Ramón se lo contaron todo. Ellos estaban en el mismo rancho donde estaba ella. Y luego cuando se encontraron con él por acá le dijeron luego luego. El sí le fue fiel, pero ella no. Andaba con un pelado de San Antonio. Era puro recargue y se vestía muy moneneque. Dicen que se ponía zapatos anaranjados y unos sacos bien largos, y siempre con el cuello levantado... Pero a ella yo creo que le gustaba el borlote también, si no, no le hubiera sido infiel. Lo malo es que no haya perdido con Ramón. Cuando él se dio cuenta todavía no llegaba del norte Juanita y se emborrachaba cada rato. Yo lo vi una vez que andaba borracho y todo lo que decía era que traía una astilla. Que era todo lo que dejaban las viejas, puras astillas por dentro de uno.

—Cuando regrese a Tejas me la robo. Ya no me aguanto. Sí, se viene conmigo. Sí, se viene. Se sale conmigo. Cómo la quiero. Cada azadonazo nomás me retumba su nombre. ¿Por qué se sentirá uno así cuando quiere a alguien? Me canso y no me canso de ver su retrato después de cena hasta que oscurece. Y a mediodía durante la hora de la comida también. Pero lo que pasa es que ya no me acuerdo tanto de cómo es de de veras. El retrato ya no se me hace que se parece a ella. O ella ya no se parece al retrato. Cuando me hacen burla los demás mejor me voy al monte. Veo el retrato pero ya no me acuerdo cómo es aunque vea su retrato. Yo creo que mejor sería no verlo tanto. Me prometió serme fiel. Y sí lo es porque a sus ojos y su sonrisa me lo siguen diciendo cuando me la imagino. Ya mero se llega el regreso a Tejas. Cada vez que me despiertan los gallos por la madrugada parece que ya estoy allí, y que la miro andando por la calle. Ya mero.

—Pues no es que no quiera a Ramón, pero éste habla muy suave, y es todo, nomás hablo con él. Y fíjate cómo se le quedan viendo todas. Se viste pero suave también. No es que no quiera a Ramón, pero éste es buena gente y su sonrisa, pues la veo todo el día... No, no voy a perder con Ramón. Además, qué hay de malo con sólo hablar. Yo no quiero hacerle caso a éste, le prometí a Ramón...pero me sigue, me sigue y me sigue. Yo no quiero hacerle caso... No necesito perder con Ramón, no voy a andar con éste. Nomás con que me siga para que se queden picadas las demás, las otras. No, no pierdo con Ramón porque de veras lo quiero mucho. Ya no falta mucho para vernos otra vez... ¿Quién dijo que le había hablado a Petra? ¿Entonces cómo me sigue a mí? Si me manda cartas todos los días con el hijito de don José...

—...ya sé que andas con otro pero me gusta hablar contigo. Desde que vine aquí y te vi, quiero más y más estar contigo. El sábado sal a bailar conmigo todo el baile... Love you, Ramiro.

—Dicen que empezó a bailar todo el baile con Ramiro solamente. Sus amigas creo que se lo advirtieron pero ella no quiso hacerles caso. Eso empezó ya para acabarse los trabajos y luego ya cuando se despedían durante el último baile dicen que se prometieron verse acá. Yo creo que en ese momento ni se acordaba ella de Ramón. Pero Ramón para entonces ya sabía todo. Por eso el mismo día que se vieron después de cuatro meses él le echó todo por la cara. Yo andaba con él ese día, andaba con él cuando la vio y recuerdo muy bien que le dio mucho gusto al verla y se le quitó todo el coraje que traía. Pero después de hablar con ella un rato le empezó entrar el coraje de nuevo. Allí mismo y en ese mismo instante perdieron.

—Tú sabes lo que haces.

—Claro. Yo sé lo que hago.

—¿Pierdes conmigo?

—Sí, y a la noche si vas al baile más vale que no vayas a bailar con nadie.

—Va, y ¿por qué? Si ya no somos novios. Ya perdimos. Tú no me mandas.

—A mí no me importa si hemos perdido o no. Me la vas a pagar. Ahora vas a hacer lo que yo te diga cuando yo quiero hasta que yo quiera. De mí no se burla nadie. Así que me la vas a pagar por la buena o por la mala.

—Tú no me mandas.

—Vas a hacer lo que yo te diga, y si no bailas conmigo, no bailas con nadie. Y todo el baile.

Fíjate, dicen que Juanita le pidió a sus papás muy temprano de ir al baile. Fue con unas amigas suyas y todavía no empezaba a tocar la orquesta y ya estaban allí en el salón cerca de la puerta para que las vieran los muchachos que estaban entrando al baile y para que las sacaran a bailar luego luego. Juanita había bailado todo el baile con uno nada más cuando llegó Ramón. Cuando llegó al salón la buscó por todas partes. La vio y cuando se acabó la pieza fue a quitársela al que andaba bailando con ella. Este, un chamacón, no dijo nada, nomás se fue a coger otra bailadora. De todos modos cuando empezó la música de nuevo, Juanita no quiso bailar con Ramón. Estaban en mero medio del salón y todas las parejas pasaban bailando alrededor de ellos. Se dijeron palabras por un rato. Ella le dio una cachetada, él le gritó quién sabe qué y salió casi corriendo del salón. Juanita fue y se sentó en una banca. Todavía no se acababa la pieza cuando se apagaron las luces del salón. Trataron de prenderlas en medio de toda la gritería pero luego se dieron cuenta de que todo el pueblo estaba apagado.

Los trabajadores de la compañía de la luz hallaron a Ramón dentro de la planta de luz que estaba como a una cuadra del salón. Dicen que estaba bien achicharrado y cogido de uno de los transformadores. Por eso se apagaron las luces de todo el pueblo. Los que estaban en el baile casi luego luego supieron. También los que habían estado cerca de Ramón y Juanita oyeron que le dijo que se iba a matar por ella. Los que estaban en casa no supieron hasta otro día, el domingo por la mañana, antes y después de misa.

—Es que se querían mucho ¿no crees?
—No, pos sí.

Poquito antes de las seis, cuando ya mero regresaban los acelgueros, se oyó primero el pitido del tanque del agua, después se oyeron las apagadoras y luego al ratito la ambulancia. Para las seis ya habían regresado unos de los trabajadores y traían la razón de que una de las trocas que traía gente había dado choque con un carro y que todavía se estaba quemando. Era de caja cerrada y cuando le pegó al carro los que no saltaron para fuera de la caja quedaron atrapados. Los que vieron el choque dijeron que se había encendido luego luego y que habían visto a unos pobres correr por el monte con el cabello en llamas. Dicen que la americana que iba en el carro era de un condado seco y que había estado tomando en una cantina de puro pesar que la había dejado su esposo. Fueron diez y seis muertos.

La noche buena

La noche buena se aproxima y la radio igualmente que la bocina de la camioneta que anunciaba las películas del Teatro Ideal parecían empujarla con canción, negocio y bendición. Faltaban tres días para la noche buena cuando doña María se decidió comprarles algo a sus niños. Ésta sería la primera vez que les compraría juguetes. Cada año se proponía hacerlo pero siempre terminaba deciéndose que no, que no podían. Su esposo de todas maneras les traía dulces y nueces a cada uno, así que racionalizaba que en realidad no les faltaba nada. Sin embargo cada navidad preguntaban los niños por sus juguetes. Ella siempre los apaciguaba con lo de siempre. Les decía que se esperaran hasta el seis de enero, el día de los reyes magos y así para cuando se llegaba ese día ya hasta se les había olvidado todo a los niños. También había notado que sus hijos apreciaban menos y menos la vendia de don Chon la noche de Navidad cuando venía con el costal de naranjas y nueces.

—Pero, ¿por qué a nosotros no nos trae nada Santo Clos?

—¿Cómo que no? ¿Luego cuando viene y les trae naranjas y nueces?

—No, pero ése es don Chon.

—No, yo digo lo que siempre aparece debajo de la máquina de coser.

—Ah, eso lo trae papá, a poco cree que no sabemos. ¿Es que no somos buenos como los demás?

—Sí, sí son buenos, pero...pues espérense hasta el día de los reyes magos. Ese es el día en que de veras viene los juguetes y los regalos. Allá en México no viene Santo Clos sino los reyes magos. Y no vienen hasta el seis de enero. Así que ése sí es el mero día.

—Pero, lo que pasa es que se les olvida. Porque a nosotros nunca nos han dado nada ni en la noche buena ni en el día de los reyes magos.

—Bueno, pero a lo mejor esta vez sí.

—Pos sí, ojalá.

Pos eso se decidió comprarles algo. Pero no tenían dinero para gastar en juguetes. Su esposo trabajaba casi las diez y ocho horas lavando platos y haciendo de comer en un restaurante. No tenía tiempo de ir al centro para comprar juguetes. Además tenían que alzar cada semana para poder pagar para la ida al norte. Ya les cobraban por los niños aunque fueran parados todo el camino hasta Iowa. Así que les costaba bastante para hacer el viaje. De todas maneras le propuso a su esposo esa noche, cuando llegó bien cansado del trabajo, que les compraran algo.

—Fíjate, viejo, que los niños quieren algo para Crismes.

—¿Y luego las naranjas y las nueces que les traigo?

—Pos sí, pero ellos quieren juguetes. Ya no se conforman con comida. Es que ya están más grandes y ven más.

—No necesitan nada.

—¿A poco tú no tenías juguetes cuando eras niño?

—Sabes que yo mismo los hacía de barro — caballitos, soldaditos...

—Pos sí, pero aquí es distinto, como ven muchas cosas...ándale vamos a comprarles algo...yo misma voy al Kres.

—¿Tú?

—Sí, yo.

—¿No tienes miedo de ir al centro? ¿Te acuerdas allá en Wilmar, Minesora, cómo te perdiste en el centro? ¿'Tas segura que no tienes miedo?

—Sí, sí me acuerdo pero me doy ánimo. Yo voy. Ya me estuve dando ánimo todo el día y estoy segura que no me pierdo aquí. Mira, salgo a la calle. De aquí se ve la hielería. Son cuatro cuadras nomás, según me dijo doña Regina. Luego cuando llegue a la hielería volteo a la derecha y dos cuadras más y estoy en el centro. Allí está el Kres. Luego salgo del Kres, voy hacia la hielería y volteo para esta calle y aquí me tienes.

—De veras que no estaría difícil. Pos sí. Bueno, te voy a dejar dinero sobre la mesa cuando me vaya por la mañana. Pero tienes cuidado, vieja, en estos días hay mucha gente en el centro.

Era que doña María nunca salía de casa sola. La única vez que salía era cuando iba a visitar a su papá y a su hermana quienes vivían en la siguiente cuadra. Soló iba a la iglesia cuando había difuntito y a veces cuando había boda. Pero iba siempre con su esposo, así que nunca se fijaba por donde iba. También su esposo le traía siempre todo. Él era el que compraba la comida y la ropa. En realidad no conocía el centro aun estando solamente a seis cuadras de su casa. El camposanto quedaba por el lado opuesto al centro, la iglesia también quedaba por ese rumbo. Pasaban por el centro sólo cuando iban de pasada para San Antonio o cuando iban o venían del norte. Casi siempre era de madrugada o de noche. Pero ese día traía ánimo y se preparó para ir al centro.

El siguiente día se levantó, como lo hacía siempre, muy temprano y ya cuando había despachado a su esposo y a los niños recogió el dinero de sobre la mesa y empezó a prepararse para ir al centro. No le llevó mucho tiempo.

> —Yo no sé por qué soy tan miedosa yo, Dios mío. Si el centro ésta solamente a seis cuadras de aquí. Nomás me voy derechito y luego volteo a la derecha al pasar los traques. Luego, dos cuadras, y allí está el Kres. De allá para acá ando las dos cuadras y luego volteo a la izquierda y luego hasta que llegue aquí otra vez. Dios quiera y no me vaya a salir algún perro. Al pasar los traques que no vaya a venir un tren y me pesque en medio... Ojalá y no me salga un perro... Ojalá y no venga un tren por los traques.

La distancia de su casa al ferrocarril la anduvo rápidamente. Se fue en medio de la calle todo el trecho. Tenía miedo andar por la banqueta. Se le hacía que la mordían los perros o que alguien la cogía. En realidad solamente había un perro en todo el trecho y la mayor parte de le gente ni se dio cuenta de que iba al centro. Ella, sin embargo, seguía andando por en medio de la calle y tuvo suerte de que no pasara un solo mueble, si no, no hubiera sabido qué hacer. Al llegar al ferrocarril le entró el miedo. Oía el movimiento y el pitido de los trenes y esto la desconcertaba. No se animaba a cruzar los rieles. Parecía que cada vez que se animaba se oía el pitido de un tren y se volvía a su lugar. Por fin venció el miedo, cerró los ojos y pasó sobre las rieles. Al pasar se le fue quitando el miedo. Volteó a la derecha.

Las aceras estaban repletas de gente y se le empezaron a llenar los oídos de ruido, un ruido que después de entrar no quería salir. No reconocía a nadie en la banqueta. Le entraron ganas de regresarse pero alguien la empujó hacia el centro y los oídos se le llenaban más y más de ruido. Sentía miedo y más y más se le olvidaba la razón por la cual estaba allí entre el gentío. En medio de dos tiendas donde había una callejuela se detuvo para recuperar el ánimo un poco y se quedó viendo un rato a la gente que pasaba.

> —Dios mío, ¿qué me pasa? Ya me empiezo a sentir como me sentí en Wilmar. Ojalá y no me vaya a sentir mal. A ver. Para allá queda la hielería. No, para allá. No, Dios mío, ¿qué me pasa? A ver. Venía andando de allá para acá. Así que queda para allá. Mejor me hubiera quedado en

casa. Oiga, perdone usted, ¿dónde está el Kres, por favor?... Gracias.

Se fue andando hasta donde le habían indicado y entró. El ruido y la apretura de la gente era peor. Le entró más miedo y ya lo único que quería era salirse de la tienda pero ya no veía la puerta. Sólo veía cosas sobre cosas, gente sobre gente. Hasta oía hablar a las cosas. Se quedó parada un rato viendo vacíamente a lo que estaba enfrente de ella. Era que ya no sabía los nombres de las cosas. Unas personas se le quedaban viendo unos segundos, otras solamente la empujaban para un lado. Permanecío así por un rato y luego empezó a andar de nuevo. Reconoció unos juguetes y los echó en la bolsa. De pronto ya no oía el ruido de la gente aunque sí veía todos los movimientos de sus piernas, de sus brazos, de la boca, de sus ojos. Pero no oía nada. Por fin preguntó que dónde quedaba la puerta, la salida. Le indicaron y empezó a andar hacia aquel rumbo. Empujó y empujó gente hasta que llegó a empujar la puerta y salió.

Apenas había estado unos segundos en la acera tratando de reconocer dónde estaba, cuando sintió que alguien la cogió fuerte del brazo. Hasta la hicieron que diera un gemido.

—Here she is...these damn people, always stealing something, stealing. I've been watching you all along. Let's have that bag.

—¿Pero...?

Y ya no oyó nada por mucho tiempo. Sólo vio que el cemento de la acera se vino a sus ojos y que una piedrita se le metió en el ojo y le calaba mucho. Sentía que la estiraban de los brazos y aun cuando la voltearon boca arriba veía a todos muy retirados. Se veía a sí misma. Se sentía hablar pero ni ella sabía lo que decía pero sí se veía mover la boca. También veía puras caras desconocidas. Luego vio al empleado con la pistola en la cartuchera y le entró un miedo terrible. Fue cuando se volvió a acordar de sus hijos. Le empezaron a salir las lágrimas y lloró. Luego ya no supo nada. Sólo sentía andar en un mar de gente. Los brazos la rozaban como si fueran olas.

—De a buena suerte que mi compadre andaba por allí. Él fue el que me fue a avisar al restaurante. ¿Cómo te sientes?

—Yo creo que estoy loca, viejo.

—Por eso te pregunté que si no te irías a sentir mal como en Wilmar.

—¿Qué va a ser de mis hijos con una mamá loca? Con una loca que ni siquiera sabe hablar ni ir al centro.

—De todos modos, fui a traer al notario público. Y él fue el que fue conmigo a la cárcel. Él le explicó todo al empleado. Que se te había volado la cabeza. Y que te daban ataques de nervios cuando andabas entre mucha gente.

—¿Y si me mandan a un manicomio? Yo no quiero dejar a mis hijos. Por favor, viejo, no vayas a dejar que me manden, que no me lleven. Mejor no hubiera ido al centro.

—Pos nomás quédate aquí dentro de la casa y no te salgas del solar. Que al cabo no hay necesidad. Yo te traigo todo lo que necesites. Mira, ya no llores, ya no llores. No, mejor, llora para que te desahogues. Les voy a decir a los muchachos que ya no te anden fregando con Santo Clos. Les voy a decir que no hay para que no te molesten con eso ya.

—No, viejo, no seas malo. Diles que si no les trae nada en la noche buena que es porque les van a traer algo los reyes magos.

—Pero... Bueno, com tú quieras. Yo creo que siempre lo mejor es tener esperanzas.

Los niños que estaban escondidos detrás de la puerta oyeron todo pero no comprendieron muy bien. Y esperaron el día de los reyes magos como todos los años. Cuando llegó y pasó aquel día sin regalos no preguntaron nada.

Antes de que la gente se fuera para al norte, el cura les bendecía los carros y las trocas a cinco dólares el mueble. Una vez hizo lo suficiente hasta para ir a visitar a sus padres y a sus amigos a Barcelona en España. Le trajo a la gente el agradecimiento de su familia y unas tarjetas de una iglesia muy moderna. Estas las puso al entrar a la iglesia para que vieran y anhelaran una iglesia así. Al poco tiempo empezaron a aparecer palabras en las tarjetas, luego cruces, rayas y con safos así como había pasado con las bancas nuevas. El cura nunca pudo comprender el sacrilegio.

El retrato

Nomás esperaban que regresara la gente del norte y venían los vendedores de retratos de San Antonio. Bajaban al agua. Sabían que la gente traía sus dineritos y por eso, como decía papá, se venían en parvadas. Traían sus velices llenos de muestras. Siempre traían camisa blanca y con corbata y así se veían más importantes y la gente les creía todo lo que decían y les ofrecían el pase a la casa sin pensarlo casi. Yo creo que hasta anhelaban, por debajito, que sus hijos llegaran a ser eso algún día. De todos modos venían y pasaban por las calles polvorientas cargados con los velices llenos de muestras.

Una vez, recuerdo, yo estaba en la casa de un amigo de mi papá, cuando llegó uno de estos vendedores. Recuerdo también que éste se veía un poco asustado y tímido. Don Mateo le pidió que entrara porque quería hacer negocio.

—Buenas tardes, marchante, mire, quisiera explicarle algo nuevo que traemos este año.

—A ver. A ver.

—Pues mire, nos da algún retrato, cualquier retrato que tenga, y nosotros no solamente lo amplificamos sino que lo ponemos en madera, así abultadito, como quien dice en tres dimensiones.

—Bueno, ¿y eso para qué?

—Para que se vea como que está vivo. Así, mire, deje mostrarle éste. ¿Qué tal, no se ve como que está vivo? ¿Cómo que vive?

—Hombre, sí. Mira, vieja. Qué padre se mira éste. Sabe que nosotros queríamos mandar unos retratos para que nos los hicieran grandes. Y esto ha de costar mucho, ¿verdad?

—No, fíjese que casi cuesta lo mismo. Claro que se lleva más tiempo.

—Bueno, pero, a ver. ¿Cuánto cuesta?

—Solamente por treinta pesitos se lo traemos abultadito. Uno de este tamaño.

—Hijo, está caro, oiga. ¿No dijo que no costaba mucho más? ¿Puede uno abonar?

—Fíjese que ahora tenemos otro gerente y éste quiere todo al contado. Es que el trabajo es muy fino. Se lo dejamos como si fuera de de veras. Así abultadito. Mire. ¿Qué tal? Fino trabajo, ¿no? En un mes se lo regresamos, ya todo terminado. Usted nomás nos dice los colores de la ropa y por aquí pasamos con él cuando menos piense, todo acabado, y con todo y marco. No crea, en un mes a lo más. Pero, como le dije, este hombre que es el gerente ahora quiere al contado. Es muy exigente hasta con nosotros.

—Es que está muy caro.

—Pues sí. Pero es que el trabajo es muy fino. ¿A poco ha visto usted estos retratos abultados de madera antes?

—No, pos sí. ¿Qué dices, vieja?

—Pos a mí me gusta mucho. ¿Por qué no mandamos uno? Y si nos sale bien...el de Chuy. Dios lo tenga en paz. Es el único que tenemos de él. Se lo tomamos antes de que se fuera para Corea. Pobre de m'ijo, ya no lo volvimos a ver. Mire, aquí está su retrato. ¿Usted cree que lo puede hacer bien abultadito para que parezca que está vivo?

—Pero, ¿cómo no? Hemos hecho muchos de vestido de soldado, si viera. Así abultados son más que retratos. Cómo no. Nomás me dice de qué tamaño lo quiere y si quiere marco redondo o cuadrado. ¿Qué dice? ¿Cómo le apuntamos aquí?

—¿Qué dices, vieja? ¿Lo mandamos a hacer así?

—Pos, yo por mi parte ya te dije. Me gustaría tener a m'ijo así abultadito y en color.

—Bueno, pues, póngale ahí. Pero nos cuida bien el retrato porque es el único que tenemos de nuestro hijo ya de grande. Quedó de mandarnos uno de todo vestido de soldado y con las banderas americana y mexicana cruzándose por arriba de la cabeza, pero apenas llegó por allá y nos cayó una carta diciéndonos que estaba perdido en acción. Así que los cuida bien.

—No tenga cuidado. Sí, somos responsables. Uno sabe muy bien el sacrificio que hace la gente. No tenga cuidado. Hora verá cuando se lo regresemos cómo va a quedar de bonito. ¿Qué dice, le ponemos el traje azul marino?

—Pero si no tiene traje en el retrato.

—Bueno, pero eso es sólo cuestión de acomodárselo con una poca de madera. Mire éstos. Ya ve éste, no tenía traje pero nosotros le pusimos uno. Así que, ¿qué dice? ¿Se lo ponemos azul marino?

—Bueno.

—No se precupe usted por su retrato.

Y así se fueron ese día cruzando de calle en calle repletando los velices de retratos. En fin, una gran cantidad de gente había encargado ese tipo de amplificaciones.

—Ya mero nos traen los retratos, ¿no cree?

—Yo creo que sí, es que es trabajo muy fino. Se lleva más tiempo. Buen trabajo que hace esa gente. ¿Se fijó cómo parecían que estaban vivos los retratos?

—No, sí, sí hacen muy buen trabajo. Ni quien se lo quite. Pero, fíjese que ya tienen más de un mes que pasaron por aquí.

—Sí, pero de aquí se fueron levantando retratos por todo el pueblerío hasta San Antonio, de seguro. Y se tardarán un poco más.

—Es cierto. Es cierto.

Y pasaron dos semanas más para cuando se descubrió todo. Se vinieron unas aguas muy fuertes y unos niños que andaban jugando en uno de los túneles que salían para el dompe se hallaron un costal lleno de retratos todos carcomidos y mojados. Nomás se notaban que eran retratos porque eran muchos y del mismo tamaño y casi se distinguían las caras. Compredieron todos luego luego. Don Mateo se enojó tanto que se fue para San Antonio para buscar al fulano que los había engañado.

—Pues fíjese que me quedé en casa de Esteban. Y todos los días salía con él a vender verduras en el mercado. Le ayudaba en todo. Tenía esperanzas de encontrarme con ese fulanito uno de tantos días. Luego a los pocos días de estar por allí me empecé a salir a los distintos barrios, y así fui conociendo muchas cosas. Si no me podía tanto el dinero sino los lloridos de la pobre vieja con eso de que era el único retrato que teníamos de Chuy. Y aunque lo encontramos en el costal con los demás retratos, se había echado a perder, si viera.

—Bueno, pero ¿cómo lo encontró?

—Pues, mire, para no hacérsela tan larga, él vino a parar al puesto un día. Se paró enfrente de nosotros y compró unas verduras. Como que me quiso reconocer. Yo sí, claro que lo reconocí, porque cuando trae uno coraje no se le borran las caras. Y luego luego allí lo cogí. El pobre ni decía nada. Bien asustado. Yo nomás le dije que quería el retrato de m'ijo y abultadito y que me lo hiciera o me lo echaba al pico. Y me fui con él a donde vivía. Y allí mismo le hice que se pusiera a trabajar. El pobre no sabía ni por donde empezar. Tuvo que hacerlo todo de memoria.

—Y, ¿cómo lo hizo?

—No sé. Pero, con miedo, yo creo que uno es capaz de todo. A los tres días me trajo el retrato acabadito así como lo ve cerquita de la virgen en esa tarima. ¿Usted dirá? ¿Cómo se ve m'ijo?

—Pues, yo la mera verdad ya no me acuerdo cómo era Chuy. Pero ya se estaba, entre más y más, pareciéndose a usted, ¿verdad?

—Sí. Yo creo que sí. Es lo que me dice la gente ahora. Que Chuy, entre más y más, si iba a parecer a mí y que se estaba pareciendo a mí. Ahí está el retrato. Como quien dice, somos la misma cosa.

—Ya soltaron a Figuero. Salió hace una semana.

—Sí, pero ya viene enfermo. Allí en la pinta si les tienen coraje les ponen inyecciones para que se mueran.

—N'ombre. ¿Qué tienes? Bueno, ¿y quién lo entregaría?

—Sería algún gabacho que no le caía verlo en el pueblo con la bolilla que se trajo de Wisconsin. Y ni quien lo defendiera. Dicen que la gabachita tenía diez y siete años y es en contra de la ley.

—Te apuesto que no dura el año.

—Pues dicen que tiene una enfermedad muy rara.

Cuando lleguemos

Como a las cuatro de la mañana se descompuso la troca. Toda la noche les había hipnotizado el chillido de las llantas sobre el pavimento. Cuando se detuvo, despertaron. El silencio les avisaba que algo había pasado. La troca venía calentándose mucho y luego que se pararon y examinaron el motor se dieron cuenta de que casi se les había quemado el motor. Ya no quiso arrancarse. Tendrían que quedarse allí hasta que amaneciera completamente y luego podrían pedir un levantón para el siguiente pueblo. Dentro de la troca la gente de primero se había despertado y luego se cruzaron varias conversaciones. Luego en lo oscuro se habían empezado a cerrar los ojos y se puso todo tan silencio que hasta se oían los grillos. Unos estaban dormidos, otros estaban pensando.

> —De buena suerte que se paró aquí la troca. Me dolía mucho el estómago desde hace rato pero cuando hubiera llegado a la ventana para avisarles, hubiera tenido que despertar a una cantidad de gente. Pero, todavía no se ve nada, casi. Bueno, me voy a bajar a ver si encuentro alguna labor o un

diche donde pueda ir para fuera. Yo creo que me hizo mal el chile que me comí, tan picoso que estaba, y por no dejarlo. Ojalá y la vieja vaya bien allí con el niño cargado.

—Este chofer que traemos este año sí es de los buenos. Le da parejito. No se para para nada. Nomás echa gasolina y dale. Ya llevamos más de viente y cuatro horas de camino. Ya debemos de estar cerca de Dimoins. Cómo quisiera sentarme un ratito siquiera. Me abajara y me acostara al lado del camino pero no sabe uno si hay alguna víbora a algún animal. Antes de dormirme parado sentía que se me doblaban las corvas. Pero, yo creo que se acostumbra el cuerpo luego luego porque ya no se me hace tan duro. Los niños sí se han de cansar yendo allí paraditos. Ni de donde cogerse. Uno de grande siquiera puede cogerse del barrote del centro que detiene la lona. Y no vamos tan apretados como en otras. Yo creo que a lo más llevaremos unas cuarenta personas. Recuerdo una vez, cuando vine con aquel montón de mojados, éramos más de sesenta. No podía uno ni fumar.

—Pero que vieja tan más bruta. Cómo se le pone a tirar la mantilla allá adelante de la troca. Se vino resbalando por toda la lona y de abuenas que traía anteojos, sino, hasta los ojos me los hubiera llenado de cagada. Qué vieja tan bruta. ¿A quién se le pone hacer eso? ¿Qué no se le alcanzaba que iba a volar todo el mugrero para los que veníamos parados? ¿Por qué no se esperaba hasta que llegáramos a alguna estación de gasolina y el no haber dejado allí todo el mugrero?

—Se quedó el negrito asustado cuando le pedí los 54 jamborgues. A las dos de la mañana. Y como entré solo en el restaurante y muy seguro no vio que se paró la troca cargada de gente. Nomás se le saltaron los ojos... at two o'clock in the morning, hamburgers? Fifty-four of them? Man, you must eat one hell of a lot. Es que la gente no había comido y dijo el chofer que, para no parar tanto y gastar tanto tiempo, que sólo uno se abajara y pidiera para todos. Se quedó asustado el negrito. No me podía creer lo que le había pedido. Que quería 54. A las dos de la mañana y con hambre se puede uno comer muy bien los jamborgues.

—¡Éste es el último pinche año que vengo para acá! Nomás que lleguemos al rancho y me voy a ir a la chingada. Me voy a ir a buscar un jale a Mineapolis. ¡Pura madre que vuelvo a Tejas! Acá siquiera se puede ganar la vida de mejor manera. Voy a buscar a mi tío, a ver si me consigue una chamba en el hotel donde él trabaja de belboy. A lo mejor me dan quebrada allí o en otro hotel. Y luego a las bolillas nomás de conseguírmelas.

—Si nos va bien este año a ver si nos compramos un carrito para ya no andar así como vacas. Ya están grandes las muchachas y ya les de pena a las niñas. A veces hay buenas compras por allí en los garajes. Voy a hablar con mi compadre, él ya conoce algunos de los viejos que venden carros. Me voy a conseguir uno que me guste aunque esté viejo y de segunda mano. Ya estoy cansado de venir para acá en troca. El compadre se llevó buen carro el año pasado. Si nos va bien en la cebolla, me compro uno que esté a lo menos pasadero. Enseño a m'ijo a manejar y él se lo puede llevar hasta Tejas. A ver si no se pierde como mi sobrino, por no preguntar fueron a dar a Nuevo México en lugar de a Tejas. O, si no, le digo a Mund que lo maneje y no le cobro el pasaje. A ver si quiere.

—Con el dinero que me emprestó el señor Tomson tenemos para comer a lo menos unos dos meses. Para entonces nos llega el dinero del betabel. A ver si no nos endrogamos mucho. Me emprestó doscientos pesos pero para cuando paga uno los pasajes se le va la mitad casi, con eso de que ya me cobran por los niños el medio precio. Y luego cuando regrese le tengo que pagar lo doble. Cuatrocientos pesos. Es mucho interés, pero ni modo, cuando uno lo necesita ni para qué buscarle. Me han dicho que lo reporte porque es mucho el interés pero ya tiene hasta los papeles de la casa. Ojalá y nos vaya bien en el betabel, si no, nos vamos a quedar en el aire. Tenemos que juntar para pagarle los cuatrocientos. Luego a ver si nos queda algo. Y éstos ya necesitan ir a la escuela. No sé, ojalá y nos vaya bien, si no, quién sabe cómo le iremos a hacer. Nomás le pido a Diosito que haya trabajo.

—Pinche vida, pinche vida, pinche vida, pinche vida, por pendejos, por pendejos, por pendejos. Somos una bola de pendejos. Chingue a su madre toda la pinche vida. Esta es la última vez que vengo así como una pinche bestia parado todo el camino. Nomás que lleguemos me voy a Mineapolis, a fuerza hallo allí algo que hacer donde no tenga que andar como un pinche buey. Pinche vida, un día de estos me la van a pelar todos. Chinguesumadre por pendejo.

—Pobre viejo, ha de venir bien cansado ya, parado todo el viaje. Hace rato lo vi que iba cabeceando. Y ni cómo ayudarle con estos dos que llevo en los brazos. Ya quisiera que hubiéramos llegado para acostarnos aunque sea en el piso bien duro. Estos niños son puro trabajo. Ojalá y le pueda ayudar con algo en la labor pero se me hace que este año, con estos huerquitos, no voy a poder hacer nada. Les tengo que dar de mamar cada rato y luego que están muy chicos todavía. Qué ya estuvieran más grandecitos. Como quiera le voy a hacer la lucha para ayudarlo. Aunque sea me voy ayudándole en el surco para que no se ataree tanto. Aunque sea en ratitos. A qué mi viejo, apenas están chiquititos y él ya quisiera que fueran a la escuela. Ojalá y le pueda ayudar. Dios quiera y le pueda ayudar.

—De aquí se ven a toda madre las estrellas. Parece que se bajan a tocar la lona de la troca. Bueno, ni parece que hay gente dentro. Casi no hay tráfico a esta hora. De vez en cuando pasa una trailer. Lo silencio de la madrugada hace que todo esté como de seda. Y ahora, ¿con qué me limpio? ¿Por qué no sería mejor todo el tiempo de madrugada? Aquí vamos a estar hasta el mediodía, de seguro. Para cuando consigan ayuda en el pueblo y luego para cuando arreglen el motor. Que se quedara de madrugada ni quien dijera nada. Voy a estar viendo el cielo hasta que se desaparezca la última estrella. ¿Cuántos más estarán viendo la misma estrella? ¿Cuántos más estarán pensando que cuantos más estarán viendo la misma estrella? Está tan silencio que hasta se me parece que los grillos les están hablando a ellas.

—Chingada troca, ya es pura mortificación con esta troca. Cuando lleguemos ahí la gente que se las averigüe como pueda. Yo nomás la voy a repartir a los rancheros y me voy a la chingada. Además no tenemos ningún contrato. Ellos se podrán conseguir con quién regresarse para Tejas. Vendrá alguien de seguro y se los levanta. El betabel ya no deja nada de dinero. Lo mejor es regresarme a Tejas nomás que deje a la gente y a ver cómo me va cargando sandía. Ya mero se llega la sandía. Y ahora falta que en este pinche pueblo no puedan componer la troca. ¿Y entonces qué chingaos hago? Nomás que me no vaya a venir a joder la chota a que me mueva de aquí. Ya ni la jodieron en aquel pueblo. Si no nos paramos y como quiera vino la chota y nos alcanzó para decirnos que no quería que nos quedáramos allí. Yo creo nomás quería aventarse con los del pueblo. Pero si ni nos paramos en su pinche pueblo. Cuando lleguemos, nomás que los reparta y me devuelvo. Cada quien por su santo.

—Cuando lleguemos a ver si consigo una cama buena para mi vieja, ya le molestan mucho los riñones. Nomás que no nos vaya a tocar un gallinero como el del año pasado con piso de cemento. Aunque le echábamos paja ya nomás que entre el frío y no se aguanta. Por eso me entraron pesado las riumas a mí, estoy seguro.

—Cuando lleguemos, cuando lleguemos, ya, la mera verdad estoy cansado de llegar. Es la misma cosa llegar que partir porque apenas llegamos y... la mera verdad estoy cansado de llegar. Mejor debería decir, cuando no lleguemos porque esa es la mera verdad. Nunca llegamos.

—Cuando lleguemos, cuando lleguemos...

Los grillos empezaron a dejar de chirriar poco a poco. Parecía como que se estaban cansando y el amanecer también empezó a verificar los objetos con mucho cuidado y lentamente como para que no se diera cuenta nadie de lo que estaba pasando. La gente se volvía gente. Empezaron a bajar de la troca y se amontonaron alrededor y empezaron a platicar de lo que harían cuando llegaran.

Bartolo pasaba por el pueblo por aquello de diciembre cuando tanteaba que la mayor parte de la gente había regresado de los trabajos. Siempre venía vendiendo sus poemas. Se le acababan casi para el primer día porque en los poemas se encontraban los nombres de la gente del pueblo. Y cuando los leía en voz alta era algo emocionante y serio. Recuerdo que una vez le dijo a la raza que leyeran los poemas en voz alta porque la voz era la semilla del amor en la oscuridad.

Debajo de la casa

Las pulgas le hicieron moverse. Se encontraba debajo de una casa. Allí había estado por varias horas, o así le parecía, escondido. Esa mañana al caminar hacia la escuela le dieron ganas de no ir. Pensó que de seguro le iba a pegar la maestra porque no sabía las palabras. Luego pensó meterse debajo de la casa pero no sólo por eso. Tenía ganas de esconderse también pero no sabía en dónde ni por cuánto tiempo, así que se le hizo fácil hacerlo allí. De primero no le habían molestado las pulgas y había estado muy a gusto en lo oscuro. Aunque estaba seguro de que había arañas se había metido sin miedo y allí estaba. De donde estaba nada más se veía una línea blanca de luz todo alrededor como un pie de alto. Estaba boca abajo y al moverse sentía que el piso le rozaba la espalda. Esto le hacía sentirse hasta seguro. Pero ya cuando empezaron a picarle las pulgas cada rato se tenía que mover. Ye le comenzó a molestar porque tenía cuidado de que la gente que vivía en esa casa se fuera a dar cuenta de que estaba allí y lo iban a sacar de debajo del piso. Pero, tenía que moverse cada rato.

—¿Cuánto tiempo llevaré aquí ya? Hace rato que salieron los niños a jugar. Ya debo de llevar bastantito tiempo aquí. Nomás que no vayan a asomarse para debajo de la casa porque me descubren y entonces sí. Se ven curiosos los niños, nomás se les ven las puras piernas, y a corre y corre. Aquí no está mal. Me podría venir aquí todos los días. Yo creo que esto es lo que hacen los que corren la venada. Aquí ni quien me diga nada. Puedo pensar a gusto.

Y hasta se le olvidaron las pulgas. Y que estaba debajo de la casa. En lo oscuro podía pensar muy bien. No necesitaba cerrar los ojos. Pensó un rato en su papá de cuando le contaba cuentos de brujas por las noches, de cómo las tumbaba rezándoles y echando los siete nudos.

—Cuando venía del trabajo, entonces teníamos terreno nuestro, de riego, ya en la madrugada, siempre se veían unas bolas de luces, como de lumbre, que iban saltando por los alambres de los teléfonos. Venían rumbo de Morelos, ahí dicen que está la matriz. Yo una vez ya merito tumbaba a una. Don Remigio me enseñó a rezar los siete rezos que van con los siete nudos. Todo

lo que tienes que hacer es comenzar a rezar cuando veas los bolas de lumbre. Después de cada rezo echas un nudo. Esta vez llegué hasta el número siete pero si vieras que no pude echarlo, como quiera la bruja casi se cayó a mis pies y luego se levantó...estaba tan chiquito el niño y no entienden tanto en esa edad. Y no se pudo aguantar. No le van a hacer nada al viejo, tiene mucha palanca. ¿Te imaginas lo que harían si uno les mataba a un huerco de ellos? Dicen que un día el papá del niño se fue con el rifle a buscarlo porque quería pagárselas, pero no lo encontró...la señora casi siempre que entraba a la iglesia lloraba y luego cuando empezaba a rezar, para cuando menos lo pensaba, ya estaba hablando en voz alta. Y luego empezaba a gritar, como que le entraba un ataque...yo creo que doña Cuquita todavía vive. Hace mucho que no la veo. Se cuidaba mucho cuando íbamos al dompe. A ella sí que la quería yo. Como nunca conocí a las mías. Yo creo que hasta papá la quería como agüelita porque él tampoco conoció a las suyas. Lo que más me gustaba era que me abrazara y que me dijera eres más águila que la luna...get of there, get away from that goddamn window. Go away. Go away...you know, you can't come home with me anymore. Look, I don't mind playing with you but some old ladies told mama that mexicans steal and now mama says not to bring you home anymore. You have to turn back. But we can still play at school. I'll choose you and you choose me...que te digo, te digo que de jodido no pasa uno. Yo sé por qué te lo digo. Si hay otra guerra nosotros no vamos a sufrir. No seas pendejo. Los que se van a joder son los que están arriba, los que tienen algo. Nosotros ya estamos jodidos. Si hay otra guerra a nosotros hasta nos va a ir bien... ¿por qué ya no comes pan dulce? You don't like it anymore?... Fíjese que yo hasta fui al pueblo y me compré un martillo nuevo para estar preparado para cuando vinieran a enseñarnos. Dicen que el ministro, cuando se dio cuenta, se fue a la casa e hizo pedazos todos los muebles con un hacha y luego sacó todo para fuera de la casa y lo prendió. Allí se estuvo hasta que se volvió todo puras cenizas...yo creo que mi viejo ya no va a poder trabajar en el sol. El viejo no dijo nada cuando le dijimos que se había asoleado, nomás movió la cabeza. A él lo que le preocupada más era que la lluvia se había venido muy seguido y se le estaba echando a perder la cosecha. Nomás con eso se ponía triste. Ni cuando le tuvieron que operar a la señora porque tenía cáncer se puso triste, contimás cuando le contamos lo de mi viejo...estos cabrones te van a cortar el pelo o me los echo el pico...no hay diablo, no hay, el único diablo que hay es don Rayos cuando se viste con los cuernos y con la capa para ir a la pastorela...pendejo, ¿por qué no pones cuidado en lo que vas haciendo? ¿Estás ciego o qué?... ¿por qué lloraría la maestra cuando vinieron por él? Desde que entró a ese cuarto nomás lo estaba viendo todo el tiempo. Y estaba tan joven, no era como las de Tejas, puras viejitas con la table en la mano cuidando que no perdiera uno el lugar en el libro. Y si lo perdía, sácatelas. Nomás te empinaban... ¿tú crees que así se quemarían? Es que es difícil creelo. Pero, ¿tan pronto? Es que la llama es muy fuerte y pescándose la ropa en fuego, qué tienes, hombre. ¿Te acuerdas de la familia aquella que se quemó durante la navidad? Se quedaron dormiditos para siempre. Luego los bomberos andaban hasta llorando sacando los cuerpos porque se les llenaban las botas de grasa de los niños...soberanos — ese día es de suma y magna importancia. Fue en mil ochocientos sesenta y dos cuando las tropas de

Napoleón sufrieron una derrota ante las fuerzas mexicanas que tan valientemente pelearon — así comenzaba yo los discursos, siempre usaba la palabra soberano, cuando yo era joven, hijo, pero ahora desde que me dio el ataque, ya no puedo recordar muy bien lo que le decía a la gente. Luego vino la revolución y perdimos nosotros al último, a Villa le fue bien, pero yo me tuve que venir para acá, aquí nadie sabe en lo que anduve. A veces quiero recordar pero la mera verdad, ya no puedo. Ya se me vuelve todo borrascoso. Ahora, dime, ¿qué es lo que más quisieras en este momento de tu vida? En este mero momentito...ayer juntamos cincuenta libras de cobre. Enrique se halló un imán y con ése es más facil para encontrar el fierro entre tanto mugrero que tira la gente. A veces nos va bien. Pero más del tiempo es puro perder el tiempo. Siquiera para algo para comer. Bueno, y ¿qué es el precio del estaño ahora? ¿Por qué no se vienen con nosotros la próxima vez?...ya se está viniendo el frío. Te apuesto que mañana va a amanecer todo el suelo parejito de escarcha. Y fíjate como las grúas ya pasan cada rato...el domingo va a haber casamiento. De seguro nos van a dar cabrito en mole con arroz y luego luego el baile, y el novio bien desesperado porque se venga la noche...fíjese, comadre, que nos asustamos tanto anoche que se apagaron las luces. Estábamos jugando con los niños cuando de repente todo oscuro. Y luego que no teníamos ni una velita. Pero eso no fue lo que nos dio el susto. El tarugo de Juan se estaba comiendo una naranja y no supimos ni cómo pero se le metió una semilla para adentro de la nariz y en lo oscuro no podíamos sacársela. Y él a chille y chille. Su compadre a prende y prende cerillos. Bueno, y ¿qué pasaría? Si todo el pueblo estaba oscuro...al hijo de doña Amada lo encontraron en una acequia y al hijo de don Tiburcio lo encontraron bien quemadito dentro de la caja de la troca, creo que le van a poner pleito a don Jesús por andar transportando gente un una troca con caja cerrada, dicen que cuando lo quisieron extender, porque lo encontraron acurrucado en una esquina, cuando quisieron extender el cuerpo para echarlo en la carroza, se le cayó una pierna...ya no vienen para acá los de los tratos. Es que don Mateo les metió buen susto...casi se volvió loca mamá. Siempre se ponía a llorar cuando le platicaba a alguien de lo que le había pasado en el centro.

—Quisiera ver a toda esa gente junta. Y luego si tuviera unos brazos bien grandes los podría abrazar a todos. Quisiera poder platicar con todos otra vez, pero que todos estuvieran juntos. Pero eso apenas en un sueño. Aquí sí que está suave porque puedo pensar en lo que yo quiera. Apenas estando uno solo puede juntar a todos. Yo creo que es lo que necesitaba más que todo. Necesitaba esconderme para poder comprender muchas cosas. De aquí en adelante todo lo que tengo que hacer es venirme aquí, en lo oscuro, y pensar en ellos. Y tengo tanto en que pensar y me faltan tantos años. Yo creo que hoy quería recordar este año pasado. Y es nomás uno. Tendré que venir aquí para recordar los demás.

Volvió a la situación del presente cuando oyó que un niño estaba gritando y al mismo tiempo sintió un golpe en la pierna. Le estaba tirando con piedras para debajo del piso.

—Mami, Mami, aquí está un viejo dabajo de la casa. Mami, Mami, Mami, pronto, sal, aquí está un viejo, aquí está un viejo.

—¿Dónda? ¿Dónde? ¡Ah! ...deja traer unas tablas y tú, anda a traer el perro de doña Luz.

Y vio sinnúmero de ojos y caras en lo blanco y luego se puso más oscuro debajo del piso. Los niños le tiraban con piedras, el perro ladraba y la señora trataba de alcanzarlo con unas tablas.

—¿Quién será?

Tuvo que salir. Todos se sorprendieron que fuera él. Al retirarse de ellos no les dijo nada y luego oyó que dijo la señora:

—Pobre familia. Primero la mamá, y ahora éste. Se estará volviendo loco. Yo creo que se le está yendo la mente. Está perdiendo los años.

Se fue sonriente por la calle llena de pozos que conducía a su casa. Se sintió contento de pronto porque, al pensar sobre le que había dicho la señora, se dio cuenta de que en realidad no había perdido nada. Había encontrado. Encontrar y reencontrar y juntar. Relacionar esto con esto, eso con aquello, todo con todo. Eso era. Eso era todo. Y le dio más gusto. Luego cuando llegó a la casa se fue al árbol que estaba en el solar. Se subió. En el horizonte encontró una palma y se imaginó que ahí estaba alguien trepado viéndolo a él. Y hasta levantó el brazo y lo movió para atrás y para adelante para que viera que él sabía que estaba allí.

Additional Young Adult Titles

Across the Great River
Irene Beltrán Hernández
1989, Trade Paperback
ISBN 0-934770-96-4, $9.95

Alicia's Treasure
Diane Gonzales Bertrand
1996, Trade Paperback
ISBN 1-55885-086-4, $7.95

Ankiza
A Roosevelt High School Series Book
Gloria Velásquez
2000, Clothbound
ISBN 1-55885-308-1, $16.95
Trade Paperback
ISBN 1-55885-309-X, $9.95

¡Aplauso! Hispanic Children's Theater
Edited by Joe Rosenberg
1995, Trade Paperback
ISBN 1-55885-127-5, $12.95

Bailando en silencio:Escenas de una niñez puertorriqueña
Judith Ortiz Cofe, Translated by Elena Olazagasti-Segovia
1997 Trade Paperback
ISBN 1-55885-205-0, $12.95

Border Crossing
Maria Colleen Cruz
2003, Trade Paperback
ISBN 1-55885-405-3, $9.95

Call Me Consuelo
Ofelia Dumas Lachtman
1997, Trade Paperback
ISBN 1-55885-187-9, $9.95

Close to the Heart
Diane Gonzales Bertrand
2002, Trade Paperback
ISBN 1-55885-319-7, $9.95

Creepy Creatures and Other Cucuys
Xavier Garza
2004, Trade Paperback
ISBN 1-55885-410-X, $9.95

Dionicio Morales: A Life in Two Cultures
Dionicio Morales
1997, Trade Paperback
ISBN 1-55885-219-0, $9.95

Emilio
Julia Mercedes Castilla
1999, Trade Paperback
ISBN 1-55885-271-9, $9.95

Firefly Summer
Pura Belpré
1997, Trade Paperback
ISBN 1-55885-180-1, $9.95

Fitting In
Anilú Bernardo
1996, Trade Paperback
ISBN 1-55885-173-9, $9.95

From Amigos to Friends
Pelayo "Pete" Garcia
1997, Trade Paperback
ISBN 1-55885-207-7, $7.95

The Ghostly Rider and Other Chilling Stories
Hernán Moreno-Hinojosa
2003, Trade Paperback
ISBN 1-55885-400-2, $9.95

A Good Place for Maggie
Ofelia Dumas Lachtman
2002, Trade Paperback
ISBN 1-55885-372-3, $9.95

The Girl from Playa Blanca
Ofelia Dumas Lachtman
1995, Trade Paperback
ISBN 1-55885-149-6, $9.95

Heartbeat Drumbeat
Irene Beltrán Hernández
1992, Trade Paperback,
ISBN 1-55885-052-X, $9.50

Hispanic, Female and Young: An Anthology
Edited by Phyllis Tashlik
1994, Trade Paperback
ISBN 1-55885-080-5, $14.95

The Ice Dove and Other Stories
Diane de Anda
1997, Trade Paperback
ISBN 1-55885-189-5, $7.95

The Immortal Rooster and Other Stories
Diane de Anda
1999, Trade Paperback
ISBN 1-55885-278-6, $9.95

In Nueva York
Nicholasa Mohr
1993, Trade Paperback
ISBN 0-934770-78-6, $10.95

Juanita Fights the School Board
A Roosevelt High School Series Book
Gloria Velásquez
1994, Trade Paperback
ISBN 1-55885-115-1, $9.95

Julian Nava: My Mexican-American Journey
Julian Nava
2002, Clothbound
ISBN 1-55885-364-2, $16.95

Jumping Off to Freedom
Anilú Bernardo
1996, Trade Paperback
ISBN 1-55885-088-0, $9.95

Lessons of the Game
Diane Gonzales Bertrand
1998, Trade Paperback
ISBN 1-55885-245-X, $9.95

Leticia's Secret
Ofelia Dumas Lachtman
1997, Trade Paperback
ISBN 1-55885-209-3, $7.95
Clothbound, ISBN 1-55885-208-5, $14.95

Lorenzo's Revolutionary Quest
Rick and Lila Guzmán
2003, Trade Paperback
ISBN 1-55885-392-8, $9.95

Lorenzo's Secret Mission
Rick and Lila Guzmán
2001, Trade Paperback
ISBN 1-55885-341-3, $9.95

Loves Me, Loves Me Not
Anilú Bernardo
1998, Trade Paperback
ISBN 1-55885-259-X, $9.95

Maya's Divided World
A Roosevelt High School Series Book
Gloria Velásquez
1995, Trade Paperback
ISBN 1-55885-131-3, $9.95

Mexican Ghost Tales of the Southwest
Alfred Avila, edited by Kat Avila
1994, Trade Paperback
ISBN 1-55885-107-0, $9.95

My Own True Name New and Selected Poems for Young Adults, 1984–1999
Pat Mora, Drawings by Anthony Accardo
2000, Trade Paperback
ISBN 1-55885-292-1, $11.95

Nilda
Nicholasa Mohr
1986, Trade Paperback
ISBN 0-934770-61-1, $11.95

Orange Candy Slices and Other Secret Tales
Viola Canales
2001, Trade Paperback
ISBN 1-55885-332-4, $9.95

The Orlando Cepeda Story
Bruce Markusen
2001, Clothbound
ISBN 1-55885-333-2, $16.95

Pillars of Gold and Silver
Beatriz de la Garza
1997, Trade Paperback
ISBN 1-55885-206-9, $9.95

Riding Low on the Streets of Gold: Latino Literature for Young Adults
Edited by Judith Ortiz Cofer
2003, Trade Paperback
ISBN 1-55885-380-4, $14.95

Rina's Family Secret
A Roosevelt High School Series Book
Gloria Velásquez
1998, Trade Paperback
ISBN 1-55885-233-6, $9.95

Roll Over, Big Toben
Victor Sandoval
2003, Trade Paperback
ISBN 1-55885-401-0, $9.95

A School Named for Someone Like Me / Una escuela con un nombre como el mío
Diana Dávila-Martinez, Translated by Gabriela Baeza Ventura
2001, Trade Paperback
ISBN 1-55885-334-0, $7.95

The Secret of Two Brothers
Irene Beltrán Hernández
1995, Trade Paperback
ISBN 1-55885-142-9, $9.95

Silent Dancing: A Partial Remembrance of a Puerto Rican Childhood
Judith Ortiz Cofer
1991, Trade Paperback
ISBN 1-55885-015-5, $12.95

Spirits of the High Mesa
Floyd Martínez
1997, Trade Paperback
ISBN 1-55885-198-4, $9.95

The Summer of El Pintor
Ofelia Dumas Lachtman
2001, Trade Paperback
ISBN 1-55885-327-8, $9.95

Sweet Fifteen
Diane Gonzales Bertrand
1995, Trade Paperback
ISBN 1-55885-133-X, $9.95

The Tall Mexican
The Life of Hank Aguirre, All-Star Pitcher, Businessman, Humanitarian
Bob Copley
1998, Trade Paperback
ISBN 1-55885-294-8, $9.95

Teen Angel
A Roosevelt High School Series Book
Gloria Velásquez
2003, Trade Paperback
ISBN 1-55885-391-X, $9.95

Tommy Stands Alone
A Roosevelt High School Series Book
Gloria Velásquez
1995, Clothbound
ISBN 1-55885-146-1, $14.95
Trade Paperback
ISBN 1-55885-147-X, $9.95

Trino's Choice
Diane Gonzales Bertrand
1999, Trade Paperback
ISBN 1-55885-268-9, $9.95

Trino's Time
Diane Gonzales Bertrand
2001, Clothbound
ISBN 1-55885-316-2, $14.95
Trade Paperback
ISBN 1-55885-317-0, $9.95

Versos sencillos / Simple Verses
José Martí, Translated by Manuel A. Tellechea
1997, Trade Paperback
ISBN 1-55885-204-2, $12.95,

Viaje a la tierra del abuelo
Mario Bencastro
2004, Trade Paperback
ISBN 1-55885-404-5, $9.95

Walking Stars
Victor Villaseñor
2003, Trade Paperback
ISBN 1-55885-394-4, $10.95

White Bread Competition
Jo Ann Yolanda Hernandez
1997, Trade Paperback
ISBN 1-55885-210-7, $9.95

The Year of Our Revolution
Judith Ortiz Cofer
1998, Trade Paperback
ISBN 1-55885-224-7, $16.95